U0137304

用文字照亮每个人的精神夜空

漫说文化丛书

世故人情

钱理群 编

湖南人民出版社·长沙

● 如何收听《世故人情》全本有声书？

① 微信扫描左边的二维码关注"领读文化"公众号。
② 后台回复【世故人情】，即可获取兑换券。
③ 扫描兑换券二维码，免费兑换全本有声书。

● 去哪里查看已购买的有声书？

方法 ①

兑换成功后，收藏已购有声书专栏，
即可在微信收藏列表中找到已购有声书。

方法 ②

在"领读文化"公众号菜单栏点击"我的课程"，
即可找到已购有声书。

序

陈平原

　　据说，分专题编散文集我们是"始作俑者"，而且这一思路目前颇能为读者所接受，这才真叫"无心插柳柳成荫"。当初编这套丛书时，考虑的是我们自己的趣味，能否畅销是出版社的事，我们不管。并非故示清高或推卸责任，因为这对我们来说纯属"玩票"，不靠它赚名声，也不靠它发财。说来好玩，最初的设想只是希望有一套文章好读、装帧好看的小书，可以送朋友，也可以搁在书架上。如今书出得很多，可真叫人看一眼就喜欢，愿把它放在自己的书架上随时欣赏把玩的却极少。好文章难得，不敢说"野无遗贤"，也不敢说入选者皆字字珠玑，只能说我们选得相当认真，也大致体现了我们对20世纪中国散文的某些想法。"选家"之事，说难就难，说易就易，这点如鱼饮水，冷暖自知。

　　记得那是1988年春天，人民文学出版社约我编林语堂散文

I

集。此前我写过几篇关于林氏的研究文章，编起来很容易，可就是没兴致。偶然说起我们对20世纪中国散文的看法，以及分专题编一套小书的设想，没想到出版社很欣赏。这样，1988年暑假，钱理群、黄子平和我三人，又重新合作。大热天闷在老钱那间十平方米的小屋里读书，先拟定体例，划分专题，再分头选文。读到出乎意料之外的好文章，当即"奇文共欣赏"；不过也淘汰了大批徒有虚名的"名作"。开始以为遍地黄金，捡不胜捡；可沙里淘金一番，才知道好文章实在并不多，每个专题才选了那么几万字，根本不够原定的字数。开学以后又泡图书馆，又翻旧期刊，到1989年春天才初步编好。接着就是撰写各书的前言，不想随意敷衍几句，希望能体现我们的趣味和追求，而这又是颇费斟酌的事。一开始是"玩票"，越做越认真，变成撰写20世纪中国散文史的准备工作。只是因为突然的变故，这套小书的诞生小有周折。

对于我们三人来说，这迟到的礼物，最大的意义是纪念当初那愉快的学术对话。就为了编这几本小书，居然"大动干戈"，脸红耳赤了好几回，实在不够洒脱。现在回想起来，确实有点好笑。总有人问，你们三个弄了大半天，就编了这几本小书，值得吗？我也说不清。似乎做学问有时也得讲兴致，不能老是计算"成本"和"利润"。唯一有点遗憾的是，书出得不如以前想象的那么好看。

这套小书最表面的特征是选文广泛和突出文化意味，而其根本则是我们对"散文"的独特理解。从章太炎、梁启超一直选到汪曾祺、贾平凹，这自然是与我们提出的"20世纪中国文学"的概念密切相关。之所以选入部分清末民初半文半白甚至纯粹文言的文章，目的是借此凸现20世纪中国散文与传统散文的联系。鲁迅说五四文学发展中"散文小品的成功，几乎在小说戏曲和诗歌之上"（《小品文的危机》），原因大概是散文小品稳中求变，守旧出新，更多得到传统文学的滋养。周作人突出明末公安派文学与新文学的精神联系（《杂拌儿·跋》和《中国新文学的源流》），反对将五四文学视为对欧美文学的移植，这点很有见地。但如以散文为例，单讲输入的速写（Sketch）、随笔（Essay）和"阜利通"（Feuilleton）固然不够，再搭上明末小品的影响也还不够；魏晋的清谈、唐末的杂文、宋人的语录，还有唐宋八大家乃至"桐城谬种""选学妖孽"，都曾在本世纪的中国散文中产生过遥远而深沉的回音。

面对这一古老而又生机勃勃的文体，学者们似乎有点手足无措。五四时输出"美文"的概念，目的是想证明用白话文也能写出好文章。可"美文"概念很容易被理解为只能写景和抒情；虽然由于鲁迅杂文的成就，政治批评和文学批评的短文，也被划入散文的范围，却总归不是嫡系。世人心目中的散文，似乎只能是风花雪月加上悲欢离合，还有一连串莫名其妙的比喻和形容词，甜得发腻，或者借用徐志摩的话，"浓得化不开"。至于学者式重知识重趣味的疏淡的闲话，有点苦涩，有点清幽，虽不大容易为入世未深的青年所欣赏，却更得中国古代散文的神韵。不只是逃避过分华丽的辞藻，也不只是落笔时的自然大方，这种雅致与潇洒，更多的是一种心态，一种学养，一种无以名之但确能体会到的"文化味"。比起小说、诗歌、戏剧来，散文更讲浑然天成，更难造假与敷衍，更依赖于作者的才情、悟性与意趣——因其"技术性"不强，很容易写，但很难写好，这是一种"看似容易成却难"的文体。

选择一批有文化意味而又妙趣横生的散文分专题汇编成册，一方面是让读者体会到"文化"不仅凝聚在高文典册上，而且渗透在日常生活中，落实为你所熟悉的一种情感，一种心态，一种习俗，一种生活方式；另一方面则是希望借此改变世人对散文的偏见。让读者自己品味这些很少"写景"也不怎么"抒情"的"闲话"，远比给出一个我们认为准确的"散文"定义更有价值。

当然，这只是对20世纪中国散文的一种读法，完全可以有另外的眼光另外的读法。在很多场合，沉默本身比开口更有力量，空白也比文字更能说明问题。细心的读者不难发现我们淘汰了不少名家名作，这可能会引起不少人的好奇和愤怒。无意故作惊人之语，只不过是忠实于自己的眼光和趣味，再加上"漫说文化"这一特殊视角。不敢保证好文章都能入选，只是入选者必须是好文章，因为这毕竟不是以艺术成就高低为唯一取舍标准的散文选。希望读者能接受这有个性、有锋芒，因而也就可能有偏见的"漫说文化"。

1992年9月8日于北大

附记

陈平原

　　旧书重刊，是大好事，起码证明自己当初的努力不算太失败。十五年后翩然归来，依照惯例，总该有点交代。可这"新版序言"，起了好几回头，全都落荒而逃。原因是，写来写去，总摆脱不了十二年前那则旧文的影子。

　　因为突然的变故，这套书的出版略有耽搁——前五本刊行于1990年，后五本两年后方才面世。以当年的情势，这套无关家国兴亡的"闲书"，没有胎死腹中，已属万幸。更让我们感到欣慰的是，这十册小书出版后，竟大获好评，获得首届（1992）新闻出版署直属出版社优秀图书奖选题一等奖。我还因此应邀撰写了这则刊登在1992年11月18日《北京日报》上的《漫说"漫说文化"》。此文日后收入湖南教育出版社版《漫说文化》（1997）和北京大学出版社版《二十世纪中国文学三人谈·漫说文化》（2004），流传甚广。与其翻来覆去，车轱辘般说那么几句老话，还不如老老实实地引入这则旧文，再略加补正。

丛书出版后，记得有若干书评，多在叫好的同时，借题发挥。这其实是好事，编者虽自有主张，但文章俱在，读者尽可自由驰骋。一套书，能引起大家的阅读兴趣，让其体悟到"另一种散文"的魅力，或者关注"日常"与"细节"，落实"生活的艺术"，作为编者，我们于愿足矣。

这其中，唯一让我们很不高兴的是，香港勤＋缘出版社从人民文学出版社购得该丛书版权，然后大加删改，弄得面目全非，惨不忍睹。刚出了一册《男男女女》，就被我们坚决制止了。说来好笑，虽然只是编的书，也都像对待自家孩子一样，不希望被人肆意糟蹋。

也正因此，每当有出版社表示希望重刊这套丛书时，我们的要求很简单：保持原貌。因为，这代表了我们那个时候的眼光与趣味，从一个侧面凸现了神采飞扬的80年代，其优长与局限具有某种"史"的意义。很感谢复旦大学出版社，除了体谅我们维护原书完整性的苦心，还答应帮助解除人民文学出版社版印刷不够精美的遗憾。

2005年4月13日于京西圆明园花园

再记

陈平原

　　转眼间，十三年过去了。眼看复旦大学出版社版"漫说文化"丛书售罄，"领读文化"的康君再三怂恿，希望重刊这套很有意义的小书。

　　只要版权问题能解决，让旧书重新焕发青春，何乐而不为？更何况，康君建议请专业人士朗读录音，转化为二维码，随书付印，方便通勤路上或厨房里忙碌的诸君随时倾听。

　　某种意义上，科技正在改变国人的阅读习惯，一个明显的例子，便是"听书"成了时尚。对于传统中国文人来说，这或许是一种新的挑战。可对于现代中国散文来说，却是歪打正着。因为，无论是胡适的"国语的文学，文学的国语"，还是周作人的"有雅致的白话文"，抑或叶圣陶的主张"作文"如"写话"，都是强调文字与声音的紧密联系。

　　不仅看起来满纸繁花，意蕴宏深，而且既"上口"，又"入

耳"，兼及声调和神气，这样的好文章，在"漫说文化"丛书
中比比皆是。

如此说来，"旧酒"与"新瓶"之间的碰撞与对话，很可
能产生绝妙的奇幻效果。

2018年3月21日于京西圆明园花园

导读

钱理群

　　《世故人情》这个题目是从朱自清先生那儿"偷"来的。据朱先生在《语文影及其他》序言里说，他原先计划着将"及其他"这部分写成一本书，原就想命名为《世情书》。所谓"世情"，顾名思义，就是"世故人情"的意思。讲"世故人情"而能变成"及其他"，这本身就很有点"意思"。记得在"文革"中，报纸上在报道出席会议的一大堆要人显贵名单之后，往往带上"还有某某某"这样一句，这"还有"就是"及其他"，大概含有"附带""不入流""排不上座次"之类的意思。如此说来，"世故人情"恐怕就是"不入"正经（正式）文章之"流"的，但因此也获得了一种特殊的价值：它可是"侃大山"的好材料。细细想来，也确乎如此，三五好友，难得一聚，天南海北，胡吹乱侃一通，除了"聊天（气）"之外，可不就要"谈世情"。这类话题，于人生阅历之外，往往透着几分智慧，还能逗人忍俊不禁——就像人们一听到"还有"或"及其他"，就不免微微一笑。按朱自清先生的说法，这背后，甚至还暗含着"冷眼"看"人生"的"玩世的味儿"。这就进入了一种"境界"，我们不妨把它叫作"散文的境界"或"小品文的境界"——实在说，散文（小品）本来就是"侃大山"的产物。闲谈絮语中的智慧、风趣，连同那轻松自如的心态，都构成了散文（小品）的基本要素，并且是显示其本质的。五四时期，人们给深受英国随笔影响的小品文下定义时，即是强调"小品文是用轻松的文笔，随随便便地来谈人生"（梁遇春《小品文选·序》）。把这层意思化为正儿八经的学术语言，我们可以说，"对于中国现代社会日常生活中的'世故人情'的发微，开掘，剖析，构成了中国现代小品文与作家所生活的现实人生的基本联系方式之一；自然，这是一种艺术的联系：不仅决定着艺术表现的内容，而且决定着艺术表现的形式"。——您瞧，经过这一番学术化处理，"世情书"竟成了散文（小品）的"正宗"，"不入流"转化为"入流"：两者之间，本也没有严格的不可逾越的鸿沟。

"世故人情"主要是一种人生智慧与政治智慧。这可是咱们中国人的"特长"。有人说，中国这个民族不长于思辨，艺术想象力也不发达，却最懂世故人情，这大概是有道理的。我们通常对人的评价，很少论及有否哲学头脑，想象力如何，而说某甲"不通世故"，某乙"洞达人情"，都是以对"世情"的把握与应对能力，也即人生智慧、政治智慧的高低作为标准的。

中国传统文化，无论是孔孟儒学，还是法家、道家，对"世故人情"体察之精微、独到，都足以使世人心折。郭沫若在《十批判书》里，就曾经赞叹韩非《说难》《难言》那些文章"对于人情世故的心理分析是怎样的精密"，以为"他那样分析手腕，出现在二千多年前，总不能不说是一个惊异"。鲁迅在研究中国小说史时，也从中国明、清两代的小说中，发掘出了"人情小说"这一种小说类型（流派）。他评价说，这类小说常"描摹世态，见其炎凉，故或亦谓之'世情书'也"——朱自清先生所谓"世情书"或许就源出于鲁迅也说不定。当然，也不妨说，这是"英雄所见略同"：整整一代人都同时注意到（或者说努力发掘）中国传统文化中的政治智慧与人生智慧，这个事实本身就是发人深思的。先哲早已说过，中国历史就是一部"相斫史"，由此而结晶出传统文化中的"世故人情"。历史进入本世纪，急剧的社会改革导致人心大变，纵横捭阖的政治斗争的风云变幻，更是逼得人们必须深谙人情世故。天真幼稚，思维方式的简单化、直线化，认识与现实的脱节，甚至可能带来灭顶之灾。著名散文家孙犁在收入本书的《谈迁》一文中，就说到在"文化大革命"中由于"不谙世情"怎样备受磨难。这是一个毋庸回避的事实：中华民族是在血的浸泡中学会懂得"世故人情"的。因此，如果有人因为中国人富有政治智慧、人生智慧而洋洋自得，无妨请他先想一想我们民族为此付出的代价："世情书"背后的血的惊心与泪的沉重是不应该忘记的。

但如果因此而走向极端：时时处处念念不忘，沾滞于兹，无以解脱，也不会有"世情书"的产生。朱自清先生曾说，《左传》《战国策》与《世说新语》是中国传统中"三部说话的经典"。应该说，《左传》与《战国策》里都包含有十分丰富的人生智慧与政治智慧，但它们"一是外交辞令，一是纵横家言"，都不是我们所说的"世情书"。真正称得上的只有表现了魏晋"清谈"风的《世说新语》。这里的关键显然在"说话人"（作者）主体的胸怀、气质、心态、观照态度。鲁迅尝说"魏晋风度"于"清峻"之外尚有"通脱"的一面。"通脱"即是"随便"，如果说"玩世"嫌不好听，那么也可以说是"豁达"。所谓"豁达"，就是"看透"以后的"彻悟"。这既是彻底的清醒，又是一种超越，另有一番清明、洒脱的气度。这就是我们通常所说的"幽默"——这是更高层次的智慧，也是更高层次的人生的审美的境界。在我看来，真正达到了这一境界的，魏晋文人之外，唯有五四那一代。当然，两者文化背景的不同是自不待言的：五四时期的知识分子深受西方理性主义精神的影响，科学民主的现代观念已经内化为自身的生存要求，但他们却又身处于中国传统习俗的包围之中，内心要求与现实环境的强烈反差，使他们不仅在感情、心理上不能适应，觉得像穿一件潮湿的内衣一样，浑身不自在，而且时时处处都会产生荒诞感。这在某种意义上，是对自我（及民族）生存方式的荒诞性的清醒的自觉意识，因此，它是刻骨铭心的，说出来时又是尽量轻松的。但敏感的读者自会从那哭笑不得、无可奈何的语气中体会到，作者一面在嘲笑，甚至鞭挞中国文化与中国国民性的某些弱点，一面却又在进行着自我调侃，而恰恰是后者，使这类散文的"批判"不似青年人那样火气十足，锋芒毕露，而别具"婉而多讽"的风致，这又在另一面与中国传统的美学风格相接近。读者只要读一读收入本集的丰子恺的《做客者言》、林语堂的《冬至之晨杀人记》、梁实秋的《客》，就不难体味到，五四这一代作家笔下的"世情书"中的幽默感，产生于现代"理性之光"对中国传统"世相"的映照，其"现代性"是十分明显的。

"幽默"里本来也多少含有点"玩世"的味道——在参悟人情世故之后，似乎也必然如此。但这里好像也有个"线"，"玩世"过了头，就会变成"帮闲"以至"帮凶"。这在中国，倒也是有"传统"的：鲁迅早就指出过，只讲金圣叹的"幽默"，未免将屠夫的凶残化为一笑，"从血泊中寻出闲适"，是根本不足取的；也还是鲁迅说得对，"人世间真是难处的地方，说一个人'不通世故'，固然不是好话，但说他'深于世故'也不是好话。'世故'似乎也像'革命之不可不革，而亦不可太革'一样，不可不通，而亦不可太通的"。"世情书"中的幽默，正在于恰到好处地掌握了"世故""不可不通，亦不可太通"之间的"分寸"，也即是"适度"。从人生态度上说，则是既看透人生，不抱一切不合实际的幻想，又积极进取认真，保存一颗赤子之心。在"玩世不恭"的调侃语调底下内蕴着几分愤激与执着，形成了这类现代"世情书"丰厚的韵味，其耐读处也在于此。读这样的散文，不管作者怎样放冷箭、说俏皮话，你都能触摸到那颗热烈的心，感受着那股"叫真"劲儿，这也是构成了本世纪以来中国知识分子与文学的时代"个性"的。

1989年1月10日初稿

1990年1月14日修改

目　录

小杂感

鲁　迅

蜜蜂的刺，一用即丧失了它自己的生命；犬儒①的刺，一用则苟延了他自己的生命。

他们就是如此不同。

约翰·穆勒说：专制使人们变成冷嘲。

而他竟不知道共和使人们变成沉默。

要上战场，莫如做军医；要革命，莫如走后方；要杀人，

---

① 犬儒：原指古希腊昔匿克学派的哲学家。他们过着禁欲的简陋的生活，被人讥诮为穷犬，所以又称犬儒学派。这些人主张独善其身，以为人应该绝对自由，否定一切伦理道德，以冷嘲热讽的态度看待一切。作者在一九二八年三月八日致章廷谦信中说："犬儒＝Cynic，它那'刺'便是'冷嘲'。"

莫如做刽子手。既英雄，又稳当。

与名流学者谈，对于他之所讲，当装作偶有不懂之处。太不懂被看轻，太懂了被厌恶。偶有不懂之处，彼此最为合宜。

世间大抵只知道指挥刀所以指挥武士，而不想到也可以指挥文人。

又是演讲录，又是演讲录。

但可惜都没有讲明他何以和先前大两样了；也没有讲明他演讲时，自己是否真相信自己的话。

阔的聪明人种种譬如昨日死。

不阔的傻子种种实在昨日死。

曾经阔气的要复古，正在阔气的要保持现状，未曾阔气的要革新。

大抵如是。大抵！

他们之所谓复古，是回到他们所记得的若干年前，并非虞夏商周。

女人的天性中有母性，有女儿性；无妻性。

妻性是逼成的，只是母性和女儿性的混合。

防被欺。

自称盗贼的无须防，得其反倒是好人；自称正人君子的必须防，得其反则是盗贼。

楼下一个男人病得要死，那间壁的一家唱着留声机；对面是弄孩子。楼上有两人狂笑；还有打牌声。河中的船上有女人哭着她死去的母亲。

人类的悲欢并不相通，我只觉得他们吵闹。

每一个破衣服人走过，叭儿狗就叫起来，其实并非都是狗主人的意旨或使嗾。

叭儿狗往往比它的主人更严厉。

恐怕有一天总要不准穿破布衫，否则便是共产党。

革命，反革命，不革命。

革命的被杀于反革命的。反革命的被杀于革命的。不革命的或当作革命的而被杀于反革命的，或当作反革命的而被杀于革命的，或并不当作什么而被杀于革命的或反革命的。

革命，革革命，革革革命，革革……。

人感到寂寞时，会创作；一感到干净时，即无创作，他已经一无所爱。

创作总根于爱。

杨朱无书。

创作虽说抒写自己的心，但总愿意有人看。

创作是有社会性的。

但有时只要有一个人看便满足：好友，爱人。

人往往憎和尚，憎尼姑，憎回教徒，憎耶教徒，而不憎道士。

懂得此理者，懂得中国大半。

要自杀的人，也会怕大海的汪洋，怕夏天死尸的易烂。

但遇到澄静的清池，凉爽的秋夜，他往往也自杀了。

凡为当局所"诛"者皆有"罪"。

刘邦除秦苛暴，"与父老约，法三章耳。"

而后来仍有族诛，仍禁挟书，还是秦法。

法三章者，话一句耳。

一见短袖子，立刻想到白臂膊，立刻想到全裸体，立刻想到生殖器，立刻想到性交，立刻想到杂交，立刻想到私生子。

中国人的想象惟在这一层能够如此跃进。

九月二十四日

（选自《鲁迅全集》第三卷，人民文学出版社，1981年版）

反"漫谈"

鲁 迅

我一向对于《语丝》没有恭维过，今天熬不住要说几句了：的确可爱。真是《语丝》之所以为《语丝》。

象我似的"世故的老人"是已经不行，有时不敢说，有时不愿说，有时不肯说，有时以为无须说。有此工夫，不如吃点心。但《语丝》上却总有人出来发迂论，如《教育漫谈》，对教育当局去谈教育，即其一也。

"不可与言而与之言"，即是"知其不可为而为之"，一定要有这种人，世界才不寂寞。这一点，我是佩服的。但也许因为"世故"作怪罢，不知怎地佩服中总带一些腹诽，还夹几分伤惨。徐先生是我的熟人，所以再三思维，终于决定贡献一点意见。这一种学识，乃是我身做十多年官僚，目睹一打以上总长，这才陆续地获得，轻易是不肯说的。

对"教育当局"谈教育的根本误点，是在将这四个字的力点看错了：以为他要来办"教育"。其实不然，大抵是来做"当局"的。

这可以用过去的事实证明。因为重在"当局"，所以——

一　学校的会计员，可以做教育总长。

二　教育总长，可以忽而化为内务总长。

三　司法，海军总长，可以兼任教育总长。

曾经有一位总长，听说，他的出来就职，是因为某公司要来立案，表决时可以多一个赞成者，所以再作冯妇的。但也有人来和他谈教育。我有时真想将这老实人一把抓出来，即刻勒令他回家陪太太喝茶去。

所以：教育当局，十之九是意在"当局"，但有些是意并不在"当局"。

这时候，也许有人要问：那么，他为什么有举动呢？

我于是勃然大怒道：这就是他在"当局"呀！说得露骨一点，就是"做官"！不然，为什么叫"做"？

我得到这一种彻底的学识，也不是容易事，所以难免有一点学者的高傲态度，请徐先生恕之。以下是略述我所以得到这学识的历史——

我所目睹的一打以上的总长之中，有两位是喜欢属员上条陈的。于是听话的属员，便纷纷大上其条陈。久而久之，全如石沉大海。我那时还没有现在这么聪明，心里疑惑：莫非这许多条陈一无可取，还是他没有工夫看呢？但回想起来，我"上去"（这是专门术语，小官进去见大官也）的时候，确是常见他正在危坐看条陈；谈话之间，也常听到"我还要看条陈去"，"我昨天晚上看条陈"等类的话。那究竟是怎么一回事呢？

有一天，我正从他的条陈桌旁走开，跨出门槛，不知怎的忽蒙圣灵启示，恍然大悟了——

哦！原来他的"做官课程表"上，有一项是"看条陈"的。因为要"看"，所以要"条陈"。为什么要"看条陈"？就是"做官"之一部分。如此而已。还有另外的奢望，是我自己的胡涂！

"于我来了一道光"，从此以后，我自己觉得颇聪明，近于老官僚了。后来终于被"孤桐先生"革掉，那是另外一回事。

"看条陈"和"办教育"，事同一例，都应该只照字面解，倘再有以上或更深的希望或要求，不是书呆子，就是不安分。

我还要附加一句警告：倘遇漂亮点的当局，恐怕连"看漫谈"也可以算作他的一种"做"——其名曰"留心教育"——但和"教育"还是没有关系的。

九月四日

（选自《鲁迅全集》第三卷，人民文学出版社，1981年版）

查旧帐

鲁　迅

这几天，听涛社出了一本《肉食者言》，是现在的在朝者，先前还是在野时候的言论，给大家"听其言而观其行"，知道先后有怎样的不同。那同社出版的周刊《涛声》里，也常有同一意思的文字。

这是查旧帐，翻开帐簿，打起算盘，给一个结算，问一问前后不符，是怎么的，确也是一种切实分明，最令人腾挪不得的办法。然而这办法之在现在，可未免太"古道"了。

古人是怕查这种旧帐的，蜀的韦庄穷困时，做过一篇慷慨激昂，文字较为通俗的《秦妇吟》，真弄得大家传诵，待到他显达之后，却不但不肯编入集中，连人家的钞本也想设法消灭了。当时不知道成绩如何，但看清朝末年，又从敦煌的山洞中掘出了这诗的钞本，就可见是白用心机了的，然而那苦心却也还可以想见。

不过这是古之名人。常人就不同了，他要抹杀旧帐，必须砍下脑袋，再行投胎。斩犯绑赴法场的时候，大叫道，"过了二十年，又是一条好汉！"为了另起炉灶，从新做人，非经过二十年不可，真是麻烦得很。

不过这是古今之常人。今之名人就又不同了，他要抹杀旧帐，从新做人，比起常人的方法来，迟速真有邮信和电报之别。不怕迂缓一点的，就出一回洋，造一个寺，生一场病，游几天山；要快，则开一次会，念一卷经，演说一通，宣言一下，或者睡一夜觉，做一首诗也可以；要更快，那就自打两个嘴巴，淌几滴眼泪，也照样能够另变一人，和"以前之我"绝无关系。净坛将军摇身一变，化为鲫鱼，在女妖们的大腿间钻来钻去，作者或自以为写得出神入化，但从现在看起来，是连新奇气息也没有的。

如果这样变法，还觉得麻烦，那就白一白眼，反问道："这是我的帐？"如果还嫌麻烦，那就眼也不白，问也不问，而现在所流行的却大抵是后一法。

"古道"怎么能再行于今之世呢？竟还有人主张读经，真不知是什么意思？然而过了一夜，说不定会主张大家去当兵的，所以我现在经也没有买，恐怕明天兵也未必当。

七月二十五日

（选自《鲁迅全集》第五卷，人民文学出版社，1981年版）

说"面子"

鲁 迅

"面子",是我们在谈话里常常听到的,因为好像一听就懂,所以细想的人大约不很多。

但近来从外国人的嘴里,有时也听到这两个音,他们似乎在研究。他们以为这一件事情,很不容易懂,然而是中国精神的纲领,只要抓住这个,就像二十四年前的拔住了辫子一样,全身都跟着走动了。相传前清时候,洋人到总理衙门去要求利益,一通威吓,吓得大官们满口答应,但临走时,却被从边门送出去。不给他走正门,就是他没有面子;他既然没有了面子,自然就是中国有了面子,也就是占了上风了。这是不是事实,我断不定,但这故事,"中外人士"中是颇有些人知道的。

因此,我颇疑心他们想专将"面子"给我们。

但"面子"究竟是怎么一回事呢?不想还好,一想可就觉得胡涂。它像是很有好几种的,每一种身份,就有一种"面子",

也就是所谓"脸"。这"脸"有一条界线，如果落到这线的下面去了，即失了面子，也叫作"丢脸"。不怕"丢脸"，便是"不要脸"。但倘使做了超出这线以上的事，就"有面子"，或曰"露脸"。而"丢脸"之道，则因人而不同，例如车夫坐在路边赤膊捉虱子，并不算什么，富家姑爷坐在路边赤膊捉虱子，才成为"丢脸"。但车夫也并非没有"脸"，不过这时不算"丢"，要给老婆踢了一脚，就躺倒哭起来，这才成为他的"丢脸"。这一条"丢脸"律，是也适用于上等人的。这样看来，"丢脸"的机会，似乎上等人比较的多，但也不一定，例如车夫偷一个钱袋，被人发见，是失了面子的，而上等人大捞一批金珠珍玩，却仿佛也不见得怎样"丢脸"，况且还有"出洋考察"，是改头换面的良方。

谁都要"面子"，当然也可以说是好事情，但"面子"这东西，却实在有些怪。九月三十日的《申报》就告诉我们一条新闻：沪西有业木匠大包作头之罗立鸿，为其母出殡，邀开"贳器店之王树宝夫妇帮忙，因来宾众多，所备白衣，不敷分配，其时适有名王道才，绰号三喜子，亦到来送殡，争穿白衣不遂，以为有失体面，心中怀恨，……邀集徒党数十人，各执铁棍，据说尚有持手枪者多人，将王树宝家人乱打，一时双方有剧烈之战争，头破血流，多人受有重伤。……"白衣是亲族有服者所穿的，现在必须"争穿"而又"不遂"，足见并非亲族，但竟以为"有失体面"，演成这样的大战了。这时候，好象只要和普通有些不同便是"有面子"，而自己成了什么，却可以完全不管。这类脾气，是"绅商"也不免发露的：袁世凯将要称帝的时候，有人以列名于劝进表中为"有面子"；有一国从青岛撤兵的时候，有人以列名于万民伞上为"有面子"。

所以，要"面子"也可以说并不一定是好事情——但我并非说，人应该"不要脸"。现在说话难，如果主张"非孝"，就有人会说你在煽动打父母，主张男女平等，就有人会说你在提倡乱交——这声明是万不可少的。

况且，"要面子"和"不要脸"实在也可以有很难分辨的时候。不是有一个笑话么？一个绅士有钱有势，我假定他叫四大人罢，人们都以能够和他扳谈为荣。有一个专爱夸耀的小瘪三，一天高兴的告诉别人道："四大人和我讲过话了！"人问他"说什么呢？"答道："我站在他门口，四大人出来了，对我说：滚开去！"当然，这是笑话，是形容这人的"不要脸"，但在他本人，是以为"有面子"的，如此的人一多，也就真成为"有面子"了。别的许多人，不是四大人连"滚开去"也不对他说么？

在上海，"吃外国火腿"①虽然还不是"有面子"，却也不算怎么"丢脸"了，然而比起被一个本国的下等人所踢来，又仿

---

① "吃外国火腿"：旧时上海俗语，意指被外国人所踢。

佛近于"有面子"。

中国人要"面子",是好的,可惜的是这"面子"是"圆机活法"①,善于变化,于是就和"不要脸"混起来了。长谷川如是闲说"盗泉"②云:"古之君子,恶其名而不饮,今之君子,改其名而饮之。"也说穿了"今之君子"的"面子"的秘密。

十月四日

（选自《鲁迅全集》第六卷,人民文学出版社,1981年版）

---

① "圆机活法":随机应变的方法。"圆机",语见《庄子·盗跖》:"若是若非,执而圆机。"据唐代成玄英注:"圆机,犹环中也;执环中之道,以应是非。"

② 长谷川如是闲（1875—1969）:日本评论家。著有《现代社会批判》《日本的性格》等。不饮盗泉,原是中国的故事,见《尸子》(清代章宗源辑本)卷下:"孔子……过于盗泉,渴矣而不饮,恶其名也。"据《水经注》:盗泉出卞城(今山东泗水县东)东北卞山之阴。

牺牲谟

——"鬼画符"失敬失敬章第十三

鲁　迅

　　"阿呀阿呀，失敬失敬！原来我们还是同志。我开初疑心你是一个乞丐，心里想：好好的一个汉子，又不衰老，又非残疾，为什么不去做工，读书的？所以就不免露出'责备贤者'的神色来，请你不要见气，我们的心实在太坦白了，什么也藏不住，哈哈！可是，同志，你也似乎太……。

　　"哦哦！你什么都牺牲了？可敬可敬！我最佩服的就是什么都牺牲，为同胞，为国家。我向来一心要做的也就是这件事。你不要看得我外观阔绰，我为的是要到各处去宣传。社会还太势利，如果象你似的只剩一条破裤，谁肯来相信你呢？所以我只得打扮起来，宁可人们说闲话，我自己总是问心无愧。正如'禹入裸国亦裸而游'一样，要改良社会，不得不然，别人那里会懂得我们的苦心孤诣。但是，朋友，你怎么竟奄奄一息到这地步了？

"哦哦！已经九天没有吃饭？！这真是清高得很哪！我只好五体投地。看你虽然怕要支持不下去，但是——你在历史上一定成名，可贺之至哪！现在什么'欧化''美化'的邪说横行，人们的眼睛只看见物质，所缺的就是你老兄似的模范人物。你瞧，最高学府的教员们，也居然一面教书，一面要起钱来，他们只知道物质，中了物质的毒了。难得你老兄以身作则，给他们一个好榜样看，这于世道人心，一定大有裨益的。你想，现在不是还嚷着什么教育普及么？教育普及起来，要有多少教员；如果都象他们似的定要吃饭，在这四郊多垒时候，那里来这许多饭？像你这样清高，真是浊世中独一无二的中流砥柱：可敬可敬！你读过书没有？如果读过书，我正要创办一个大学，就请你当教务长去。其实你只要读过'四书'就好，加以这样品格，已经很够做'莘莘学子'的表率了。

"不行？没有力气？可惜可惜！足见一面为社会做牺牲，一面也该自己讲讲卫生。你于卫生可惜太不讲究了。你不要以为我的胖头胖脸是因为享用好，我其实是专靠卫生，尤其得益的是精神修养，'君子忧道不忧贫'呀！但是，我的同志，你什么都牺牲完了，究竟也大可佩服，可惜你还剩一条裤，将来在历史上也许要留下一点白璧微瑕……。

"哦哦，是的。我知道，你不说也明白：你自然连这裤子也不要，你何至于这样地不彻底；那自然，你不过还没有牺牲的机会罢了。敝人向来最赞成一切牺牲，也最乐于'成人之美'，况且我们是同志，我当然应该给你想一个完全办法，因为一个人最紧要的是'晚节'，一不小心，可就前功尽弃了！

"机会凑得真好：舍间一个小鸦头，正缺一条裤……。朋友，你不要这么看我，我是最反对人身买卖的，这是最不人道的事。但是，那女人是在大旱灾时候留下的，那时我不要，她的父母就会把她卖到妓院里去。你想，这何等可怜。我留下她，正为的讲人道。况且那也不算什么人身买卖，不过我给了她父母几文，她的父母就把自己的女儿留在我家里就是了。我当初原想将她当作自己的女儿看，不，简直当作姊妹，同胞看；可恨我的贱内是旧式，说不通。你要知道旧式的女人顽固起来，真是无法可想的，我现在正在另外想点法子……。

"但是，那娃儿已经多天没有裤子了，她是灾民的女儿。我料你一定肯帮助的。我们都是'贫民之友'呵。况且你做完了这一件事情之后，就是全始全终；我保你将来铜像巍巍，高入云表，呵，一切贫民都鞠躬致敬……。

"对了，我知道你一定肯，你不说我也明白。但你此刻且不要脱下来。我不能拿了走，我这副打扮，如果手上拿一条破裤子，别人见了就要诧异，于我们的牺牲主义的宣传会有妨碍的。现在的社会还太胡涂，——你想，教员还要吃饭，——那里能懂得我们这纯洁的精神呢，一定要误解的。一经误解，社会恐怕要更加自私自利起来，你的工作也就'非徒无益而又害之'了，朋友。

"你还能勉强走几步罢？不能？这可叫人有点为难了，——那么，你该还能爬？好极了！那么，你就爬过去。你趁你还能爬的时候赶紧爬去，万不要'功亏一篑'。但你须用趾尖爬，膝髁不要太用力；裤子擦着沙石，就要更破烂，不但可怜的灾民的女儿受不着实惠，并且连你的精神都白扔了。先行脱下了也不妥当，一则太不雅观，二则恐怕巡警要干涉，还是穿着爬的好。我的朋友，我们不是外人，肯给你上当的么？舍间离这里也并不远，你向东，转北，向南，看路北有两株大槐树的红漆门就是。你一爬到，就脱下来，对号房说：这是老爷叫我送来的，交给太太收下。你一见号房，应该赶快说，否则也许将你当作一个讨饭的，会打你。唉唉，近来讨饭的太多了，他们不去做工，不去读书，单知道要饭。所以我的号房就借痛打这方法，给他们一个教训，使他们知道做乞丐是要给人痛打的，还不如去做工读书好……。

"你就去么？好好！但千万不要忘记：交代清楚了就爬开，不要停在我的屋界内。你已经九天没吃东西了，万一出了什么事故，免不了要给我许多麻烦，我就要减少许多宝贵的光阴，不能为社会服务。我想，我们不是外人，你也决不愿意给自己的同志许多麻烦的，我这话也不过姑且说说。

"你就去罢！好，就去！本来我也可以叫一辆人力车送你去，但我知道用人代牛马来拉人，你一定不赞成的，这事多么不人道！我去了。你就动身罢。你不要这么萎靡不振，爬呀！朋友！我的同志，你快爬呀，向东呀！……"

（选自《鲁迅全集》第三卷，人民文学出版社，1981年版）

世故三昧

鲁　迅

人世间真是难处的地方，说一个人"不通世故"，固然不是好话，但说他"深于世故"也不是好话。"世故"似乎也象"革命之不可不革，而亦不可太革"一样，不可不通，而亦不可太通的。

然而据我的经验，得到"深于世故"的恶谥者，却还是因为"不通世故"的缘故。

现在我假设以这样的话，来劝导青年人——

"如果你遇见社会上有不平事，万不可挺身而出，讲公道话，否则，事情倒会移到你头上来，甚至于会被指作反动分子的。如果你遇见有人被冤枉，被诬陷的，即使明知道他是好人，也万不可挺身而出，去给他解释或分辩，否则，你就会被人说是他的亲戚，或得了他的贿赂；倘使那是女人，就要被疑为她的情人的；如果他较有名，那便是党羽。例如我自己罢，给一个毫不相干的女士做了一篇信札集的序,人们就说她是我的小姨;绍介一点科学的文艺理论,人们就说得了苏联的卢布。亲戚和金钱,在目下的中国,关系也真是大,事实给与了教训,人们看惯了,以为人人都脱不了这关系,原也无足深怪的。

"然而,有些人其实也并不真相信,只是说着玩玩,有趣有趣的。即使有人为了谣言,弄得凌迟碎剐,象明末的郑鄤那样了,和自己也并不相干,总不如有趣的紧要。这时你如果去辨正,那就是使大家扫兴,结果还是你自己倒楣。我也有一个经验。那是十多年前,我在教育部里做'官僚',常听得同事说,某女学校的学生,是可以叫出来嫖的[①],连机关的地址门牌,也说得明明白白。有一回我偶然走过这条街,一个人对于坏事情,是记性好一点的,我记起来了,便留心着那门牌,但这一号,却是一块小空地,有一口大井,一间很破烂的小屋,是几个山东人住着卖水的地方,决计做不了别用。待到他们又在谈着这事的时候,我便说出我的所见来,而不料大家竟笑容尽敛,不欢而散了,此后不和我谈天者两三月。我事后才悟到打断了他们的兴致,是不应该的。

---

① 在一九二五年女师大风潮中,陈西滢诬蔑女师大学生可以"叫局",一九二六年初,北京《晨报副刊》《语丝》等不断载有谈论此事的文字。

"所以，你最好是莫问是非曲直，一味附和着大家；但更好是不开口；而在更好之上的是连脸上也不显出心里的是非的模样来……"

这是处世法的精义，只要黄河不流到脚下，炸弹不落在身边，可以保管一世没有挫折的。但我恐怕青年人未必以我的话为然；便是中年，老年人，也许要以为我是在教坏了他们的子弟。呜呼，那么，一片苦心，竟是白费了。

然而倘说中国现在正如唐虞盛世，却又未免是"世故"之谈。耳闻目睹的不算，单是看看报章，也就可以知道社会上有多少不平，人们有多少冤抑。但对于这些事，除了有时或有同业，同乡，同族的人们来说几句呼吁的话之外，利害无关的人的义愤的声音，我们是很少听到的。这很分明，是大家不开口；或者以为和自己不相干；或者连"以为和自己不相干"的意思也全没有。"世故"深到不自觉其"深于世故"，这才真是"深于世故"的了。这是中国处世法的精义中的精义。

而且，对于看了我的劝导青年人的话，心以为非的人物，我还有一下反攻在这里。他是以我为狡猾的。但是，我的话里，一面固然显示着我的狡猾，而且无能，但一面也显示着社会的黑暗。他单责个人，正是最稳妥的办法，倘使兼责社会，可就得站出去战斗了。责人的"深于世故"而避开了"世"不谈，这是更"深于世故"的玩艺，倘若自己不觉得，那就更深更深了，离三昧①境盖不远矣。

不过凡事一说，即落言筌②，不再能得三昧。说"世故三昧"者，即非"世故三昧"。三昧真谛，在行而不言；我现在一说"行而不言"，却又失了真谛，离三昧境盖益远矣。

一切善知识③，心知其意可也，唵④！

十月十三日

（选自《鲁迅全集》第四卷，人民文学出版社，1981年版）

---

① 三昧：佛家语，佛家修身方法之一，也泛指事物的诀要或精义。

② 言筌：言语的迹象。《庄子·外物》："荃（筌）者所以在鱼，得鱼而忘荃……言者所以在意，得意而忘言。"

③ 善知识：佛家语。据《法华文句》解释："闻名为知，见形为识，是人益我菩提（觉悟）之道，名善知识。"

④ 唵：梵文 OM 的音译，佛经咒语的发声词。

爬和撞

鲁 迅

从前梁实秋教授曾经说过：穷人总是要爬，往上爬，爬到富翁的地位。不但穷人，奴隶也是要爬的，有了爬得上的机会，连奴隶也会觉得自己是神仙，天下自然太平了。

虽然爬得上的很少，然而个个以为这正是他自己。这样自然都安分的去耕田，种地，拣大粪或是坐冷板凳，克勤克俭，背着苦恼的命运，和自然奋斗着，拼命的爬，爬，爬。可是爬的人那么多，而路只有一条，十分拥挤。老实的照着章程规规矩矩的爬，大都是爬不上去的。聪明人就会推，把别人推开，推倒，踏在脚底下，踹着他们的肩膀和头顶，爬上去了。大多数人却还只是爬，认定自己的冤家并不在上面，而只在旁边——是那些一同在爬的人。他们大都忍耐着一切，两脚两手都着地，一步步的挨上去又挤下来，挤下来又挨上去，没有休止的。

然而爬的人太多，爬得上的太少，失望也会渐渐的侵蚀善良的人心，至少，也会发生跪着的革命。于是爬之外，又发明了撞。

　　这是明知道你太辛苦了，想从地上站起来，所以在你的背后猛然的叫一声：撞罢。一个个发麻的腿还在抖着，就撞过去。这比爬要轻松得多，手也不必用力，膝盖也不必移动，只要横着身子，晃一晃，就撞过去。撞得好就是五十万元大洋，妻，财，子，禄都有了。撞不好，至多不过跌一交，倒在地下。那又算得什么呢，——他原本是伏在地上的，他仍旧可以爬。何况有些人不过撞着玩罢了，根本就不怕跌交的。

　　爬是自古有之。例如从童生到状元，从小瘪三到康白度^①。撞却似乎是近代的发明。要考据起来，恐怕只有古时候"小姐抛彩球"有点象给人撞的办法。小姐的彩球将要抛下来的时候，——一个个想吃天鹅肉的男子汉仰着头，张着嘴，馋涎拖得几尺长……可惜，古人究竟呆笨，没有要这些男子汉拿出几个本钱来，否则，也一定可以收着几万万的。

　　爬得上的机会越少，愿意撞的人就越多，那些早已爬在上面的人们，就天天替你们制造撞的机会，叫你们化些小本

---

　　①　康白度：英语 Comprador 的音译，即买办。

钱，而豫约着你们名利双收的神仙生活。所以撞得好的机会，虽然比爬得上的还要少得多，而大家都愿意来试试的。这样，爬了来撞，撞不着再爬……鞠躬尽瘁，死而后已。

八月十六日

（选自《鲁迅全集》第五卷，人民文学出版社，1981年版）

几乎无事的悲剧

鲁　迅

　　果戈理（Nikolai Gogol）的名字，渐为中国读者所认识了，他的名著《死魂灵》的译本，也已经发表了第一部的一半。那译文虽然不能令人满意，但总算借此知道了从第二至六章，一共写了五个地主的典型，讽刺固多，实则除一个老太婆和吝啬鬼泼留希金外，都各有可爱之处。至于写到农奴，却没有一点可取了，连他们诚心来帮绅士们的忙，也不但无益，反而有害。果戈理自己就是地主。

　　然而当时的绅士们很不满意，一定的照例的反击，是说书中的典型，多是果戈理自己，而且他也并不知道大俄罗斯地主的情形。这是说得通的，作者是乌克兰人，而看他的家信，有时也简直和书中的地主的意见相类似。然而即使他并不知道大俄罗斯的地主的情形罢，那创作出来的脚色，可真是生动极了，直到现在，纵使时代不同，国度不同，也还使我们象是遇见了有些熟识的人物。讽刺的本领，在这里不及谈，单说那独特之处，尤其是在用平常事，平常话，深刻的显出当时地主的无聊生活。例如第四章里的罗士特来夫，是地方恶少式的地主，赶热闹，爱赌博，撒大谎，要恭维，——但挨打也不要紧。他在酒店里遇到乞乞科夫，夸示自己的好小狗，勒令乞乞科夫摸过狗耳朵之后，还要摸鼻子——

乞乞科夫要和罗士特来夫表示好意，便摸了一下那狗的耳朵。"是的，会成功一匹好狗的。"他加添着说。

"再摸摸它那冰冷的鼻头，拿手来呀！"因为要不使他扫兴，乞乞科夫就又一碰那鼻子，于是说道："不是平常的鼻子！"

这种莽撞而沾沾自喜的主人，和深通世故的客人的圆滑的应酬，是我们现在还随时可以遇见的，有些人简直以此为一世的交际术。"不是平常的鼻子"，是怎样的鼻子呢？说不明的，但听者只要这样也就足够了。后来又同到罗士特来夫的庄园去，历览他所有的田产和东西——

还去看克理米亚的母狗，已经瞎了眼，据罗士特来夫说，是就要倒毙的。两年以前，却还是一条很好的母狗。大家也来察看这母狗，看起来，它也确乎瞎了眼。

这时罗士特来夫并没有说谎，他表扬着瞎了眼的母狗，看起来，也确是瞎了眼的母狗。这和大家有什么关系呢，然而世界上有一些人，却确是嚷闹，表扬，夸示着这一类事，又竭力证实着这一类事，算是忙人和诚实人，在过了他的整一世。

这些极平常的，或者简直近于没有事情的悲剧，正如无声的言语一样，非由诗人画出它的形象来，是很不容易觉察的。然而人们灭亡于英雄的特别的悲剧者少，消磨于极平常的，或者简直近于没有事情的悲剧者却多。

听说果戈理的那些所谓"含泪的微笑"，在他本土，现在是已经无用了，来替代它的有了健康的笑。但在别地方，也依然有用，因为其中还藏着许多活人的影子。况且健康的笑，在被笑的一方面是悲哀的，所以果戈理的"含泪的微笑"，倘传到了和作者地位不同的读者的脸上，也就成为健康：这是《死魂灵》的伟大处，也正是作者的悲哀处。

七月十四日

（选自《鲁迅全集》第六卷，人民文学出版社，1981年版）

"混"

唐　弢

　　上海人的生活态度的一种——是所谓"混"。

　　朋友见面，寒暄了一通之后，就不免提起旧日的伙伴来，于是各就所知，相互做着简单的报告，而在这报告里，往往少不了这样的穿插："老李这几年混得很不错……""老王一向潦倒，新近到南京去溜了一趟，混到了一点小差使，倒也……嗨嗨！"

　　自然，这也是"混"得颇为不错的。

　　愚民们别有一种哲学，那就是所谓做人，人而曰"做"，这正是"混"的反面，足见其认真的程度了。在压迫里苦生反抗，在艰苦里孕育坚忍，对付残虐的是悲愤，而完成这悲愤的却又是战斗，真所谓一生孜孜，永无已时。他们不但要"做"，而且也还要"做"得像一个真正的"人"，这可说是一点入世的精神。佛称出世，但以悲智救度众生，那"锲而不舍"的精神，可又和愚民们默默相通，这回该说是一点出世的精神了。而我们也仍旧能够了解、吸收，关键就在于彼此的共同点——认真。

然而一到了念经拜佛、化缘吃斋的和尚们的手里，就丢开释迦牟尼的"能仁"与"寂默"，爬了上去，成为他的父亲净饭王的信徒，意在糊口了。于是乎就有糊口主义。倘以俗语出之，也即我们常常听到的所谓"混饭吃"。

"混"就这样开了端。抽去脊梁，嘻开脸皮，东钻西营，前仰后合，成天里打着哈哈，赚几担柴米，赢一世酒肉的，这是一般的"混"法，手段最稳，风险最少，而成效也有限。联甲攻乙，联乙攻甲，当面正经，背地里怀着鬼胎，自打算盘，这是政客的手段，是权门佞臣的"混"法。忽而左倾，忽而右向，鞋底里塞着空白悔过书，准备卖身投靠，另起炉灶，这是投机的枪花，是革命贩子的"混"法。时逢乱世，又到了表演的好机会，灵魂既能值钱，自不妨插上草标，找得主子，开口"国家"，闭口"生灵"，岂曰有心，"混""混"而已。

这么一着，以技巧论，已经是颇为高明的了。站在东家的前面是奴才，一回到奴隶的中间，却仍旧不失为总管。赔过笑脸，板起面孔，一声"和平"，八面玲珑，独得"混"法之妙，看起来头头是道，"的律滚圆"，无以名之，姑且就称为"混"蛋吧。

然而万目睽睽，这又如何"混"得了呢！

三月八日

（选自《唐弢杂文选》，人民文学出版社，1981年版）

凑热闹

柯　灵

谈过了"看热闹"，觉得还有谈一谈"凑热闹"的必要。

世上有爱看热闹成癖者，同时还有以凑热闹为生者。前者无所为，而后者有所为。

爱凑热闹的人，总是满脸笑嘻嘻，热心慷慨，仿佛我佛转世修的。一些名人的宴会里，挂着"总理遗像"的什么集会上，我们总可以看见这些笑嘻嘻——但有时也紧张得若有其事的脸，摇来摆去，赶也赶不开，像苍蝇一样。

要人一下台，他们就发起开欢送会，表示依恋；欢送辞里，说得感激涕零，真是斯人而去，如苍生何！但明天另一个要人刚上任，他们就又呼朋引类，执着旗子，大摇大摆地到码头上欢迎去了。而且还要开茶话会，对新贵人拼命拍掌，说道我公一出，斯民之幸，真是如大旱之得甘霖，再好也没有了！

一边欢送，一边欢迎，他们就永远这样忙碌着。

此外则上体天意，或者慷慨激昂，开"讨逆"之会；或者鼓舞欢欣，发拥护之电。打听得某要人今年几十岁，年高德劭，理应发起做寿；某名流与夫人结婚已经几年，虽然妾滕满室，幸而德配尚未拆对，又赶紧凑上去，发起银婚或金婚纪念。

这些都是高等的。中等一些的便到报上去做文章，歌功颂德。开会时到场任招待，襟上别一张绸徽，在人丛里赶来赶去，忙得满头大汗。阔人演说时，拍起掌来，响声犹如机关枪。看见同辈，笑笑，揩揩汗，又皱皱眉，察其神情，若有怨尤，而其实乃是得意。

他们什么事情都不做，但什么事情都有份。英皇加冕典礼之类，这些先生们没有职使了，便轧到洋人队里去，恭而敬之，不胜神往之至地坐着，以"高等华人"的资格，躬与其盛！

他们是永远忙碌的，主人忙，他们帮忙，凑热闹；主人闲，他们扯淡，做清客。《金瓶梅》里的西门大官人，周围就总环绕着这一类知趣的人物。因为向同辈鸣鞭，向主子凑趣，都是奴才的美德。——这有个好听的名词，叫作"助兴"。

有了这一类善于"助兴"的角色，于是乎天下太平，"民国"万岁！

一九三七年

（选自《遥夜集》，作家出版社，1956年版）

论拍马

聂绀弩

有一种会做官的人，到上司那里去的时候，常常是准备好了上、中、下三种书面的对策的。

忘记了是商鞅还是范雎说秦王，曾先说尧舜之道，再说汤武之道，两者都说不进去，才改说桓文之道。如今的老爷们可不这么麻烦，先窥探一下上司的口气，完全不谈那隔得较远的两策，只献出和上司意见相近的一策，使上司以为你只有一策，这一策又和自己的如此的"英雄所见略同"，而大加激赏。西装、中山装，都口袋多，很便于策士。记好：上策放在左边上面的口袋里，中策放在右边下面的口袋里，下策常常是被采纳的，尤其要记清楚，里面左边的口袋！这样才不会临时手忙脚乱，弄得牛头不对马嘴。西装、中山装的样式，都是来路货，莫非外国的老爷们也这样办，发明这种衣服式样的莫非就是策士自己？

有策而又献得上，当然是一些优秀而又幸运的人物。但官场中，大多数却是根本无策或有而献不上去的。平凡的老爷们用什么在官场里混，而且混得很不错，不幸的老爷们又怎样变得幸运了呢？庄子曰："盗亦有道。"准此以推，当然官亦有法。孔子曰："事君尽礼，人以为谄也！"说穿了简单得很，就是那个"谄"字，今语谓之拍马屁！有策的人用三策拍马屁，无策的人就少不了设法打洞，用别种方法拍马屁。

拍马屁决不是一件容易事，不是空口说白话地喊几声"万岁"或"伟大的主上"就算得了数的。除了有聪明才智，会窥探"上头"的意向，还非要有具体表现不可。而那表现有时简直非常血腥，和你的骨肉相连、肢体相连、人性人格相连。不能牺牲这些，就不算真正拍了马屁，也就未必能真正得到"知遇"！历史上会拍马屁的人，都是些毅然决然的大勇者：易牙蒸儿子给主子吃，乐羊子自己吃儿子的肉羹，吴起杀妻，吕不韦用妻妾施美人计，竖刁阉割自己，弥子瑕、董贤化男为女，以妾妇之道事君……《二十年目睹之怪现状》里有一位苟观察，听说制台大人的宠妾去世了，他却正有一个绝色寡媳，两老夫妇就跪在地上劝她改嫁给制台做如夫人；寡媳不肯，乃暗中让她吃进一些春药，使她心痒难搔，不得不答应。人同此心，心同此理，这些英雄豪杰，岂不知父子之恩、夫妇之爱、人性人格之可尊又可贵？无奈要顾全这些，就没有人给官做，纵有也做不久，做不大；在官言官，也就不得不如此了！

有一种书，叫作《人怎样变成巨人？》，著者是苏联人，说的是苏联事，至于咱们国，如果你曾耳闻目睹一些官场现形记，就该明白：人怎样变成非人！我的意思是说，人，只要想做官，在官场里混，还要想尽方法混得不错，那就很容易变成非人，像上引的易牙乃至苟观察们一样。不过这种现象，大概立刻要结束了。

一九四六，十一，二，重庆

（选自《聂绀弩杂文集》，生活·读书·新知三联书店，
1981年版）

谈妒

——芸斋琐谈之一

孙 犁

　　"文人相轻"，是曹丕说的话。曹丕是皇帝、作家、文艺评论家，又是当时文坛的实际领导人，他的话自然有很大的权威性。并且他说，这种现象是"自古而然"，可见文人之间的相轻，几几乎是一种不可动摇的规律了。

　　但是，虽然他有这么一说，在他以前、以后，还是出了那么多伟大的作家和作品，终于使我国有了一本厚厚的琳琅满目的文学史。就在他当时，建安文学也已经巍然形成了一座艺术的高峰。

　　这说明什么呢？只能说明文人之相轻，只是相轻而已，并不妨碍更不能消灭文学的发展。文人和文章，总是不免有可轻的地方，互相攻磨，也很难说就是嫉妒。记得一位大作家，在回忆录中，记述了托尔斯泰对青年作家的所谓妒，并不当作恶德，而是作为美谈和逸事来记述的。

妒、嫉，都是女字旁，在造字的圣人看来，在女性身上，这种性质，是于兹为烈了。中国小说，写闺阁的妒嫉的很不少，《金瓶梅》写得最淋漓尽致，可以说是生命攸关、你死我活。其实这只能表示当时妇女生存之难，并非只有女人才是这样。

据弗洛伊德学派分析，嫉妒是一种心理状态，是人人都具有的，从儿童那里也可以看到的。这当然是一种缺陷心理，是由于羡慕一种较高的生活，想获得一种较好的地位，或是想得到一种较贵重的东西而产生的。自己不能得到心理的补偿，发现身边的人，或站在同等位置的人先得到了，就会产生嫉妒。

按照达尔文的生物学说以及遗传学说，这种心理，本来是不足奇怪，也无可厚非的。这是生物界长期在优胜劣败、物竞天择这一规律下生存演变，自然形成的，不分圣贤愚劣，人人都有份的一种本能。

它并不像有些理学家所说的，只有别人才会有，他那里没有。试想：性的嫉妒，可以说是一种典型的"妒"，如果这种天生的正人君子，涉足了桃色事件，而且做了失败者，他会没有一点妒心，无动于衷吗？那倒成了心理的大缺陷了。有的理论家把嫉妒归咎于"小农经济"，把意识形态甚至心理现象简单地和物质基础联系起来，好像很科学。其实，"大农经济"，资本主义经济，也没有把这种心理消灭。

蒲松龄是伟大的。他在一篇小说里，借一个非常可爱的少女的口说："幸灾乐祸，人之常情，可以原谅。"幸灾乐祸也是一种嫉妒。

当然，这并不是一种可贵的心理，也不是不能克服的。人类社会的教育设施、道德准则，都是为了克服人的固有的缺陷，包括心理的缺陷，才建立起来并逐渐完善的。

嫉妒心理的一个特征是：它的强弱与引之产生的物象的距离，成正比。就是说，一个人产生妒心，常常是由于只看到了近处，比如家庭之间、闺阁之内、邻居朋友之间，地位相同，或是处境相同，一旦别人较之上升，他就产生了嫉妒。

如果他增加了文化知识，把眼界放开了，或是他经历了更多的社会磨炼，他的妒心，就会得到相应的减少与克服。

人类社会的道德准则，对这种心理，是排斥的，认为是不光彩的。这样有时也会使这种心理，变得更阴暗，发展为阴狠毒辣，驱使人去犯罪，造成不幸的事件。如果当事人的地位高，把这种心理加上伪装，其造成的不幸局面，就会更大，影响的人，也就会更多。

由嫉妒造成的大变乱，在中国历史上，是不乏例证的。远的不说，即如"文化大革命""四人帮"的所作所为，其中就有很大的嫉妒心理在作祟。他们把这种心理，加上冠冕堂皇的伪装，称之为"革命"，并且用一切办法，把社会分成无数的等级、差别，结果造成社会的大动乱。

革命的动力，是经济和政治主导的、要求的，并非仅凭嫉妒心理，泄一时之愤，可以完成的。以这种缺陷心理为主导、为动力，是不能支持长久的，是一定要失败的。

最不容易分辨清楚的是：少数人的野心、不逞之徒的非分之想、流氓混混儿的趁火打劫，和广大群众受压迫所表现出的不平和反抗。

项羽看见秦始皇，大言曰："彼可取而代之也。"猛一听，其中好像有嫉妒的成分。另一位英雄所喊的"帝王将相，宁有种乎"，乍一看也好像是一个人的愤愤不平。其实他们的声音是和时代、和那一时代的广大群众的心相连的，所以他们能取得一时的成功。

一九八一年十二月二十八日

（选自《孙犁散文选》，人民文学出版社，1984年版）

贪婪生下的一群儿女

秦　牧

　　"失败是成功之母""文明是时间的长女""经验是智慧的父亲"……这些话都很美妙。我想，在这类格言中，似乎还可以加上一句："贪婪是愚昧之父。"

　　这里所说的愚昧，不是指洪荒时代先民的愚昧，不是指未开化民族的愚昧，也不是指未曾受到启蒙教育的人们的某种愚昧。这里说的，是某个人凭他的聪明和才智，本来完全可以看明白的事，但是一旦贪婪的欲念支配了他，他的聪明和才智就萎缩了。本来可以看明白的事情看不明白了，愚昧竟完全支配了他。

　　中国古语中有"利令智昏"这个短句，表达的我想正是这个意思。

　　我不是凭空想起人间得有这句格言的。读报纸的社会新闻，看到一些人受骗上当，被实际上本领相当拙劣的骗子手玩弄于股掌之上的事迹，使人想起许许多多事情，也不禁想起了要杜撰这么一句格言。

世间的骗子手尽管诡计多端，花样百出，但是他们的骗法归纳起来也不过几大类。其中用得最多的一手，就是利用人们的贪念。贪念一旦支配了一个人，这人就像被喷了迷魂烟似的，混混沌沌了；就像喝醉了酒似的，迷迷糊糊了。这时候骗子手就可以十分容易地牵着他的鼻子走，设法子使他上钩。这个道理，和渔翁利用钓饵来钓鱼并无二致。

旧上海，我是住过的。当日上海常有一些白俄提着一个大竹篓，里面装满了商标十分辉煌的罐头，标明什么火腿、红烧牛肉、大虾之类，还有"美国制造"的字样，价钱却要比食品公司卖的便宜一半。一见到贪便宜的人，这些上海话十分纯熟的白俄，就鼓其如簧之舌，进行兜售。被它的便宜吸引了的人，不问底细，买了回去，一打开罐头，原来不过是牛血或者番薯而已。那是当年某些白俄在上海的地下车间的产品。

和这种骗法异曲同工的，是旧上海街头上不时出现的一幕。某甲在街上悠闲行走的时候，突然有个某乙赶上前来探询："先生，请问兑换金戒指的店铺在什么地方？我有一只金戒指要卖给他们。"对话开始以后，某乙弄清楚金铺所在，却不肯走开，突然傻气十足地道："我初到上海，什么也弄不清楚，不如这样吧！你老兄帮我拿去换，换了钱，分二成给你。"说着，就把黄澄澄的金戒指递了过来，还加了一句："十足赤金的，实在是没办法才拿出来卖。"某甲一动了心，某乙又会这样请求道："我在这儿等你，你先给几张钞票让我拿着，好定定心。我在这儿等着，你可一定要给我换来啊！"以下的事情几乎是用不着说明的。当某甲到金店去，弄清楚这是假货以后，气喘吁吁地跑回原地的时候，那个一副忠厚老实相的某乙早已无影无踪了。

奇怪的是：这样的骗术常常在许多大城市里上演着，而且，总是不断有人上钩。

眼明心静的人难免发出这样的疑问："为什么被骗的人这样愚蠢呢？这不是很容易看出来的骗局吗？"

但是，提出这种疑问的人忘记了一个重要的原理：贪婪使人变愚蠢了。

为什么此刻我想起一连串的上海骗子手们的活剧呢？

因为近来读报，在社会新闻版上仍然常常读到许多骗子手袭其先辈故技、不断行骗成功的故事。

那些骗局，事后拆穿来看，是非常拙劣可笑的，但是上钩的人却一个接着一个。

例如，在广州周围，就发生过这么一串事情：

有人伪造了一张面额一亿元的"美国钞票"，四处招摇行骗。竟然有那么一小批人见到那张荒诞不经的钞票，就目眩神摇，晕头转向，魂不附体，乐不可支。请持有者吃饭的人有了，送礼品的人有了，借钱让他挥霍的人也有了。以这么一张伪钞，竟骗取一群人围着它跳"愚人舞"，这个情节不禁使人想起马克·吐温的幽默小说《一百万镑的钞票》。

海南岛有人编了一个谣言，说国民党军队临近溃逃的时候，把一笔价值一亿美元的财富委托给美国人代管，美国人给回了一个白金铸成的七两二重的牌子作为凭证。而这块七两二重的白金牌子后来遗落在海南岛，谁取得了它，谁就可以大发横财。这个谣言的烟幕放出于前，接着就有人暗地里声称已经发现它于后，这个"发现者"并未能真的拿出一块白金七两二的牌子在人家面前亮亮相，而仅仅是在后裤袋里放着一块硬东西让人家摸一摸而已。他声称要到广州、北京献宝，谁愿意资助他成行的，将来他取得奖赏之后，都要重金酬谢。仅仅凭着这么一个极其拙劣可笑、十分荒诞不经的谎言，就骗得一小群人团团转了，有的人只在他的后裤袋里摸过一下那块据说是"白金七两二"的硬物，就飘飘欲仙、忘乎所以，一笔款一笔款地借给这个骗子，让他到广州住大旅馆挥霍，直到骗子被公安部门侦破逮捕了，悲喜剧才算告一段落。

世间又有这样的事情：一个在家乡向以不务正业著称的浪荡子弟，到外头去溜了一趟，回来的时候服装光鲜，举止阔绰，他声称已经发达了。立刻就有个姑娘在他的花言巧语之下奉献上爱情，闪电似的进行了恋爱。这个突然阔起来的人究竟干的什么行当？钱究竟又是怎样得来的？这一切，许多人，包括那个陷入情网的女郎都认为毋须探询了。于是，像电影里的情节似的，在举行婚礼的时候，警察突然出现，"新郎"锒铛入狱了，原来他是个在外头作案潜逃回来的盗窃犯。

像这一类的事例，在我们这儿的晚报上是经常可以读到的。我想别处大概也没有例外。

我们社会里有大量崇高、庄严、伟大、纯洁的人物，正因为这样，社会才能够不断前进。但我们社会也有痈疽式的人物，有时，也得揭开这一面来看看，才会更深地理解，在前进的道路上，我们得克服多少的困难。承受旧时代的衣钵，老是想不劳而获，用吹牛拍马来谋求利益的人，一天到晚在那里串演那么多的活剧，就是很值得我们正视的现象之一。

乍看起来，一个连小学一年级学生也骗不了的谎言，却可以骗得一群平时煞像有些教养、有些本事的人物突然蠢如豕鹿。贪婪蒙住了眼睛，聪明就离开了心窍。这种情形，使我不禁想起齐白石的题画隽语了。齐白石有一篇《题钓虾图》的小文，这样写道："我住在朋友家，门前碧水一泓，其中鱼虾甚多，我偶然取出钓竿来，钓钩上戏缀棉花球一团，原意在钓鱼，钓得与否，非所计也。不料鱼乖不上钩，只有一个愚而贪食的虾，把棉花球当作米饭，被我钓了上来。因口腹而上钩，已属可哀，上钩而误认不可食之物为可食，则可哀孰甚！"在上面提到的骗局故事中，受骗者一个个变得像"愚而贪食的虾，把棉花球当作米饭"。骗子手固然是可恶的，而这样的受骗者，也不见得值得同情。齐白石说的"上钩而误认不可食之物为可食，则可哀孰甚"，简直好像是专为此辈而发的感慨了。

因为贪欲而使自己变得愚蠢起来的，难道只限于这些"普通人物"而已吗？不，有时一些工于心计的所谓"大人物"也常常不免蹈此覆辙。古代谋求"不死之药"，乱吃道士"仙丹"，以致提早一命呜呼的好些皇帝，就属于这类人物；好听谀辞，以至于把奸佞之辈当作亲信，对他们言听计从，把事情败在此辈手中的皇帝也属于这类人物。记得在近人的笔记中，载有袁世凯被侍从欺骗的事。当袁世凯被皇帝梦缠得痰迷心窍之际，一天，他正在午睡，侍从来拭抹家具，不慎把一个非常珍贵的花樽打破了，袁世凯惊醒过来，责问之下，侍从立刻编了一套鬼话应付，说是看见床上蟠卧着一条蛟龙，吓得他魂不附体，才失手打烂花樽云云。这套鬼话居然骗过了这么一个一代奸雄。侍从不但不受责备，还获得了赏赐，只是被嘱"不要到外头乱说"而已。在这个场合，做皇帝的贪婪之心就使袁世凯产生了听信鬼话的愚昧了。

社会上的骗子手、政治上的骗子手，懂得以"投其所好"来博取"愚而贪食"或者以"才智自雄"的人物的欢心，这就使得在历史笔记里、在社会新闻里，经常出现许多令人"忍俊不禁"的逸事了。一个冒称某某大人物公子的骗子手能够把一批人骗得团团转，某些除拍马和害人之外一无所长的人物在某些历史阶段能够扶摇直上，炙手可热，事情的秘密难道不就在这里吗？

贪婪可以生下一群儿女，愚昧、凶残、顽固、专横，就是它们的名字。

历史上有些仿佛不可索解的事情，若要索解，就得顺藤摸瓜，从愚昧、凶残、顽固、专横一直追踪到贪婪的总根上面去。金钱的贪婪、权力的贪婪、位置的贪婪，都可以由此派生，产下那么一大群长相丑恶的畸形儿女。

有些仿佛不可解释的历史现象、社会现象，从这里倒常常可以找到恰当的解释。

剥削阶级影响的重荷，以历史的眼光来看，在新社会的开头阶段，总难免是十分严重的。

正因为这样，廉洁自持、刚正不阿、坚持原则、理性清明的人，克服了私心，"泰山崩于前而色不变，麋鹿兴于左而目不瞬"的人物，格外值得我们讴歌。他们真真正正是中华民族的脊梁似的人物。"十年浩劫"是非常悲惨的，但从另一个角度，也昭示了中国的确存在这样一大批历劫不磨的崇高人物。

一九八一年五月于广州

（选自《秦牧自选集》，花城出版社，1984年版）

写信

老 舍

　　写信是近代文化病之一，类似痢疾，一会儿一阵，每日若干次。可是如得其道，或可稍减痛苦。兹条列有效办法如下：

　　（一）给要人写信宜挂号，或快邮，以引起注意。要人每日接信甚多也。

　　（二）托人办事的信，莫等回信（参看第四条），应即速发第二封。第二封宜比第一封更客气，这样，或足使对方觉得不好意思不回信。

　　（三）托人办事的信，信封信纸均宜讲究，字勿潦草。顶好随寄些礼物。答友人求事函，虽利用讣文之空隙亦可。

　　（四）接信切勿于五日内回答，以免又惹起麻烦。尤其是托办事的信，搁下不答，也许就马虎过去。焉知求事的人不于最短期间已从别的方面有了办法哉。如又得函催办前事，仍宜不答，似与之绝交者，直至你托他时，再恢复邦交。

（五）接不相识之人来信，不答；如呼老师，可报以短函。

（六）托人转信，须托比收信人地位高的。

（七）回信不必贴足邮票，不贴尤妙。

（八）为减少检信官员的疑心，书信宜用文言，问候语越多越好。

（九）故意接受检查（如骂人的祖宗函），信封上宜写某某女士收或发。

（十）挂号信勿落于太太之手，内或有汇票也。

（十一）索欠函或账条宜原物退回。

（十二）无论填写何项表格，"永久通信处"宜空着。

（十三）平安家信印好一千张，按时填发。本条极不适用于情书。

（十四）情书须与绝命书同时写好，以免临时赶作。

（选自《老舍幽默文集》，湖南人民出版社，1983年版）

小病

老 舍

大病往往离死太近，一想便寒心，总以不患为是。即使承认病死比杀头、活埋、剥皮等死法光荣些，到底好死不如歹活着。半死不活的味道使盖世的英雄泪下如涌呀！拿死吓唬任何生物都是不人道的。大病专会这么吓唬人，理当回避，假若不能扫除净尽。

可是小病便当另作一说了。山上的和尚思凡，比城里的学生要厉害许多。同样，楚霸王不害病则没得可说，一病便了不得。生活是种律动，须有光有影，有左有右，有晴有雨，滋味就含在这变而不猛的曲折里。微微暗些，然后再明起来，则暗得有趣，而明乃更明，且至明过了度，忽然烧断，如百烛电灯泡然。这个，照直了说，便是小病的作用。常患些小病是必要的。

所谓小病，是在两种小药的能力圈内，阿司匹灵与清瘟解毒丸是也。这两种药所不治的病，顶好快去请大夫，或者立下遗嘱，备下棺材，也无所不可，咱们现在讲的是自己能当大夫的小病。这种小病，平均每个半月犯一次就挺合适。一年四季，平均犯八次小病，大概不会再患什么重病了。自然也有爱患完小病再患大病的人，那是个人的自由，不在话下。

咱们说的这类小病很有趣。健康是幸福，生活要趣味。所以应当讲说一番：

小病可以增高个人的身份。不管一家大小是靠你吃饭，还是你白吃他们，日久天长，大家总对你冷淡。假若你是挣钱的，你越尽责，人们越挑眼，好像你是条黄狗，见谁都得连忙摆尾，一尾没摆到，即使不便明言，也暗中唾你几口。不大离的你必得病一回，必得！早晨起来，哎呀，头疼！买清瘟解毒丸去，还有阿司匹灵吗？不在乎要什么，要的是这个声势，狗的地位提高了不知多少。连懂点事的孩子也要闭眼想想了——这棵树可是倒不得呀！你在这时节可以发散发散狗的苦闷了，卫生的要术。你若是个白吃饭的，这个方法也一样灵验。特别是妈妈与老嫂子，一见你真需要阿司匹灵，她们就会知道你没得到你所应得的尊敬，必能设法安慰你：去听听戏，或带着孩子们看电影去吧？她们诚意地向你商量，本来你的病是吃小药饼或看电影都可以治好的，可是你的身份高多了呢。在朋友中、社会中，光景也与此略同。

此外，小病两日而能自己治好，是种精神的胜利。人就是别投降给大夫。无论国医西医，一律招惹不得。头疼而去找西医，他因不能断症——你的病本来不算什么——一定嘱告你住院，而后详加检验，发现了你的小脚指头不是好东西，非割去不可。十天之后，头疼确是好了，可是足指剩了九个。国医文明一些，不提小脚指头这一层，而说你气虚，一开便是二十味药，他越摸不清你的脉，越多开药，意在把病吓跑。就是不找大夫。预防大病来临，时时以小病发散之，而小病自己会治，这就等于"吃了萝卜喝热茶，气得大夫满街爬！"

有宜注意者：不当害这种病时，别害。头疼，大则失去一个王位，小则惹出是非。设个小比方：长官约你陪客，你说头疼不去，其结果有不易消化者。怎样利用小病，须在全部生活艺术中搜求出来。看清机会，而后一想象，乃由无病而有病，利莫大焉。

这个，从实际上看，社会上只有一部分人能享受，差不多是一种雅好的奢侈。可是，在一个理想国里，人人应该有这个自由与享受。自然，在理想国内也许有更好的办法，不过，什么办法也不及这个浪漫，这是小品病。

（选自《老舍幽默文集》，湖南人民出版社，1983年版）

相片

老　舍

在今日的文化里，相片的重要几乎胜过了音乐、图画与雕刻等等。在一个摩登的家庭里，没有留声机，没有名人字画，没有石的或铜的刻像，似乎还可以活下得去；设若没几张相片，或一二相片本子，简直没法活下去！不用说是一个家庭，就是铺户、旅馆、火车站、学生宿舍，没有相片就都不像一回事。电车上"谨防扒手"的下面要是没有几张四寸的半身照相，就一定显着空洞。水手们身上要是不带着几张最写实不过的妖精打架的二寸艺术照相，恐怕海上的生活就要加倍难堪了。想想看，一个设备很完善的学校，没有年刊或同学录，一个政府机关里没有些张窄长的这个全体与那个周年的相片！至于报纸与杂志，哼，就是把高尔基的相误注为托尔斯泰的，也比空空如也强！投考、领护照、订婚、结婚、拜盟兄弟，哪一样可以没有相片？即使你天生来的反对照相，你也得去照；不然，你就连学校也不要入，连太太也不用娶，你趁早儿不用犯这个牛脖子——"请笑一点"，你笑就是了。儿童、妇女、国货、航空，都有"年"。年，究竟是年，今年甲子，明年乙丑，过去就完事；至于照相，这个世纪整个的是"照相世纪"，想想，你逃得出去吗？

还是先说家庭吧。比如你的屋中挂着名家的字画，还有些古玩，雅是雅了，可是第一你就得防贼，门上加双锁，窗上加铁栅，连这样，夜间有个风声草动，你还得咳嗽几声；设若是明火，进来十几位蒙面的好汉，大概你连咳嗽也不敢了。这何苦呢？相片就没这种危险，谁也不会把你父亲的相偷去当他的爸爸，这不是实话吗？

就满打没这个危险，艺术作品或古玩也远不及相片的亲切与雅俗共赏。一张名画，在普通的人眼中还不如理发馆壁上所悬的"五福临门"，而你的朋友亲戚不见得没普通人。你夸奖你的名画，他说看不上眼，岂不就得打吵子？相片人人能看得懂，而且就是照得不见佳，也会有人夸好。比如令尊的相片加了漆金框悬在墙上，多么笨的人也不会当着你的面儿说："令尊这个相还不如五福临门好看！"绝对不会。即使那个相真不好看，人家也得说："老爷子福相，福相！"至不济，也会夸奖句："框子配得真好！"

以此类推，尊家自己、尊夫人、令郎令嫒，都有相片，都能得到好评，这够多么快活呢？！况且相片遮丑，尊家面上的麻子，与尊夫人脸上的小沙粒似的雀斑，都不至于照上。你自己看着起劲，朋友们也必不会问："照片上怎么忘掉你的麻子？"站在一张图画前面，不管懂与否，谁都想批评批评，为表示自己高明；当着一个人，谁也不愿对他的面貌发表意见；看相片也是如此。

有相片就有话说，不至于宾主对愣着。

"这是大少爷吧？"

"可不是！上美国读书去了。"

"近来有信吧？"

打这儿，就由大少爷谈到美国，又由美国谈回来，碰巧了就二反投唐再谈回美国去，话是越说越多，而且可以指点着相片而谈，有诗为证：句句是真，交情乃厚。

最好是有一二相片本子。提到大少爷，马上拿出本子来：

"这是他满月时候照的，他生在福州，那时先严正在福州做官。"话又远去了，足够写三四本书的。假若没有这可宝贵的本子，你怎好意思突如其来地说"先严在福州做过官？"，而使朋友吓一跳，只当你的脑子有毛病。

遇上两位话不投缘而屡有冲突起来的危险的客人，相片本子——顶好是有两本——真是无价之宝。一看两位的眼神不对，你应当很自然地一人递给一本。他们正在，比如说，为袁世凯是否是伟人而要瞪眼的时候，你把大少爷生在福州，和二小姐已经订婚的照片翻开，指示给他们。他们一个看福州生的胖小子，一个看将要成为新娘子的二小姐，自然思想换了地方，一个问你一套话，而袁世凯或者不成为问题了。要不然，这个有很大的危险。假若你没有相片本子，而二位抓住袁世凯不撒手，你要往折中里一说，说二位各有各的理，他们一定都冲着你来了。寡不敌众，你没调停好，还弄一鼻子灰。你要是向着一边说话，不用说，那就非得罪一边不可，也许因此而飞起茶碗——在你家里，茶碗自然是你的。你要是一声不出，听着他们吵，赶到彼此已说无可说而又不想打架的时候，他们就会都抱怨你不像个朋友。你若是不分青红皂白而把客人一齐逐出去，那就更糟，他们也许在你的门口吵嚷一阵，而同声地骂你不懂交情。总之，你非预备两个本子不可！

赶到朋友多的时候，你只有一张嘴，无论如何也应酬不过来，相片本子可以替你招待客人。找那不爱说话的，和那顶爱说话的，把本子送过去。那位一声不出的可以不致死板板地坐在那里，那位包办说话的也不好再转着弯儿接四面八方的话。把这两极端安置好，你便可以从容对付那些中庸的客人了。这比茶点果子都更有效。爱说话的人，宁可牺牲了点心，也不放弃说话。至于茶，就更不挡事：爱说话的人会一个劲儿地说，直等茶凉了，一口灌下去，赶紧接着再说。果子也不行，有人不喜欢吃凉的，让到了他，他还许摆出些谱儿来："一向不大动凉的，不过偶尔地吃一个半个的，假如有玫瑰、香葡萄之类！"你听，他是挖苦你没预备好果子。相片本子既比茶点省钱，又不至被人拒绝，大概谁也不会说："一向讨厌看相片！"

相片里有许多人生的姿体，打开一本照相，你可以有许多带着感情的话。假若你现在的事由不如从前了，看看相片，你可以对友人说："这是前十年的了，那时候还不像现在这么狼狈！"这种牢骚是哀而不伤的，因为现在狼狈，并不能抹杀过去的光荣。回忆永是甜美的，对于兄弟儿女，都能唤起这种柔善的感情："看，这是当年的老六，多么体面，谁能想到他会……"你虽然依旧恨着老六，可是看着当年的照片，你到底想要原谅他。看着相片说些富有感情的话，你自己痛快，别人听着也够味儿。设若你会作诗的话，顶好在相片边题上些小诗，就更见出人生的味道。

不过，有些相片是不好摆进本子去的，你应当留神。歪戴帽或弄鬼脸的，甚至于扮成十三妹的相片，都可以贴上，因为这足以表示你颇天真，虽然你在平日是个完全的君子，可是心田活泼泼的，也能像孩子般的淘气，这更见英雄的本色。至于背着尊夫人所接到的女友小照，似乎就不必公开地展览。爽直是可贵的，可是也得有个分寸。这个，你自然晓得。不过，我更嘱咐你一句：这类的相片就是藏起来也得要十分的严密，太太们对这种玩意儿是特别注意的。

（选自《老舍幽默文集》，湖南人民出版社，1983年版）

做客者言

丰子恺

有一位天性真率的青年，赴亲友家做客，归家的晚上，垂头丧气地跑进我的房间来，躺在藤床上，不动亦不语。看他的样子很疲劳，好像做了一天苦工而归来似的。我便和他问答：

"你今天去做客，喝醉了酒吗？"

"不，我不喝酒，一滴也不喝。"

"那么为什么这般颓丧？"

"因为受了主人的异常优礼的招待。"

我惊奇地笑道："怪了！做客而受主人优待，应该舒服且高兴，怎的反而这般颓丧？倒好像被打翻了似的。"

他苦笑地答道："我宁愿被打一顿，但愿以后不再受这种优待。"

我知道他正在等候我去打开他的话匣子来，便放下笔，推开桌上的稿纸，把坐着的椅子转个方向，正对着他，点起一支烟来，津津有味地探问他：

"你受了怎样异常优礼的招待？来！讲点给我听听看！"

他抬起头来看看我桌上的稿件，说："你不是忙写稿吗？我的话说来长呢！"

我说："不，我准备一黄昏听你谈话，并且设法慰劳你今天受优待的辛苦呢。"

他笑了，从藤床上坐起身来，从茶盘里端起一杯菊花茶来喝了一口，慢慢地、一五一十地把这一天赴亲友家做客而受异常优礼的招待的经过情形描摹给我听。

以下所记录的便是他的话。

我走进一个幽暗的厅堂，四周阒然无人。我故意把脚步走响些，又咳嗽几声，里面仍然没有人出来，外面的厢房里倒走进一个人来。这是一个工人，好像是管门的人。他两眼盯住我，问我有什么事。我说访问某先生。他说："片子！"我是没有名片的，回答他说："我没有带名片，我姓某名某，某先生是知道我的，烦你去通报吧。"他向我上下打量了一会，说一声"你等一等"，怀疑地进去了。

我立着等了一会，望见主人缓步地从里面的廊下走出来。走到望得见我的时候，他的缓步忽然改为趋步，拱起双手，口中高呼"劳驾，劳驾！"，一步紧一步地向我赶将过来，其势急不可当，我几乎被吓退了。因为我想，假如他口中所喊的不是

"劳驾，劳驾"而换了"捉牢，捉牢"，这光景定是疑心我窃了他家厅上的宣德香炉而赶出来捉我去送公安局。幸而他赶到我身边，并不捉牢我，只是连连地拱手，弯腰，几乎要拜倒在地。我也只得模仿他拱手，弯腰，弯到几乎拜倒在地，作为相当的答礼。

大家弯好了腰，主人摊开了左手，对着我说："请坐，请坐！"他的摊开的左手所照着的，是一排八仙椅子。每两只椅子夹着一只茶几，好像城头上的一排女墙。我选择最外口的一只椅子坐了。一则贪图近便。二则他家厅上光线幽暗，除了这最外边的一只椅子看得清楚以外，里面的椅子都埋在黑暗中，看不清楚。我看见最外边的椅子颇有些灰尘，恐怕里面的椅子或有更多的灰尘与龌龊，将污损我的新制的淡青灰哔叽长衫的屁股部分，弄得好像被摩登破坏团射了镪水一般。三则我是从外面来的客人，像老鼠钻洞一般地闯进人家屋里深暗的内部去坐，似乎不配。四则最外面的椅子的外边，地上放着一只痰盂，丢香烟头时也是一种方便。我选定了这个好位置，便在主人的"请，请，请"声中捷足先登地坐下了。但是主人表示反对，一定要我"请上坐"。请上坐者，就是要我坐到里面的，或许有更多的灰尘与龌龊，而近旁没有痰盂的椅子上去。我把屁股深深地埋进我所选定的椅子里，表示不肯让位。他便用力拖我的臂，一定要夺我的位置。我终于被他赶走了，而我所选定的位置就被他自己占据了。

当此夺位置的时间，我们二人在厅上发出一阵相骂似的声音，演出一种打架似的举动。我无暇察看我的新位置上有否灰尘或龌龊，且以客人的身份，也不好意思俯下头去仔细察看椅子的干净与否。我不顾一切地坐下了。然而坐下之后，很不舒服。我疑心椅子板上有什么东西，一动也不敢动。我想，这椅子至少同外面的椅子一样地颇有些灰尘，我是拿我的新制的淡青灰哔叽长衫来给他揩抹了两只椅子。我想少沾些龌龊，只得使个劲儿，将屁股摆稳在椅子板上，绝不转动摩擦。宁可费些气力，扭转腰来对主人谈话。

正在谈话的时候，我觉得屁股上冷冰冰起来。我脸上强装笑容——因为这正是"应该"笑的时候——心里却在叫苦。我想用手去摸摸看，但又逡巡不敢，恐怕再污了我的手。我做种种猜想，想象这是梁上挂下来的一只蜘蛛，被我坐扁，内脏都流出来了。又想象这是一朵鼻涕，一朵带血的痰。我浑身难过起来，不敢用手去摸。后来终于偷偷地伸手去摸了，指尖触着冷冰冰的湿湿的一团，偷偷摸出来一看，色彩很复杂，有白的，有黑的，有淡黄的，有蓝的，混在一起，好像五色的牙膏。我不辨这是何物，偷偷地丢在椅子旁边的地上了，但心里疑虑得很，料想我的新制的淡青灰哔叽长衫上一定染上一块五色了。但主人并不觉察我的心事，他正在滥用各种的笑声，把他近来的得意事件讲给我听。我记念着屁股底下的东西，心中想皱眉头，然而不好意思用颦蹙之颜来听他的得意事件，只得强颜作笑。我感到这种笑很费力，硬把嘴巴两旁的筋肉吊起来，久后非常酸痛，须得乘个空隙用手将脸上的筋肉用力揉一揉，然后再装笑脸听他讲。其实我没有仔细听他所讲的话，因为我听了很久，已能料知他的下文了。我只是顺口答应着，而把眼睛偷看环境中，凭空地研究我屁股底下的究竟是什么东西。我看见他家梁上筑着燕巢，燕子飞进飞出，遗弃一摊粪在地上，其颜色正同我屁股底下的东西相似。我才知道，我新制的淡青灰哔叽长衫上已经沾染一摊燕子粪了。

外面走进来一群穿长衫的人。他们是主人的亲友和邻居。主人因为我是远客，特地邀他们来陪我。大部分的人是我所未认识的，主人便立起身来为我介绍。他的左手臂伸直，好像一把刀。他用这把刀把新来的一群人一个一个地切开来，同时口中说着：

"这位是某某先生，这位是某某君……"等到他说完的时候，我已把各人的姓名统统忘却了。因为当他介绍时，我只管在那里看他那把刀的切法，不曾用心听着。我觉得很奇怪，为什么介绍客人姓名时不用食指来点，必用刀一般的手来切？又觉得很妙，为什么用食指来点似乎侮慢，而用刀一般的手来切似乎客气得多？这也许有造型美术上的根据：五指并伸的手，样子比单伸一根食指的手美丽、和平而恭敬得多。这是合掌礼的一半。合掌是作个揖，这是作半个揖，当然客气得多。反之，单伸一根食指的手，是指示路径的牌子上或"小便在此"的牌子上所画的手。若用以指客人，就像把客人当作小便所，侮慢太甚了！我当时忙着这样的感想，又叹佩我们的主人的礼貌，竟把他所告诉我的客人的姓名统统忘记了。但觉姓都是百家姓所载的，名字中有好几个"生"字和"卿"字。

主人请许多客人围住一张八仙桌坐定了。这回我不自选座位，一任主人发落，结果被派定坐在左边，独占一面。桌上已放着四只盆子，内中两盆是糕饼，一盆是瓜子，一盆是樱桃。

仆人送到一盘茶，主人立起身来，把盘内的茶一一端送给客人。客人受茶时，有的立起身来，伸手遮住茶杯，口中连称"得罪，得罪"。有的用中央三个指头在桌子边上敲击："答，答，答，答"，口中连称"叩头，叩头"。其意仿佛是用手代表自己的身体，把桌子当作地面，而伏在那里叩头。我是第一个受茶的客人，我点一点头，应了一声。与别人的礼貌森严比较，自觉太过傲慢了。我感觉自己的态度颇不适合于这个环境，局促不安起来。第二次主人给我添茶的时候，我便略略改变态度，也伸手挡住茶杯。我以为这举动可以表示两种意思，一种是"够了，够了"的意思，还有一种是用此手作半个揖道谢的意思，所以可取。但不幸技巧拙劣，把手遮隔了主人的视线，在幽暗的厅堂里，两方不易看见杯中的茶。他只管把茶注下来，直到泛滥在桌子上，滴到我的新制的淡青灰哗叽长衫上，我方才觉察，动手拦阻。于是找抹桌布，揩拭衣服，弄得手忙脚乱。主人特别关念我的衣服，表示十分抱歉的样子，要亲自给我揩拭。

我心中很懊恼，但脸上只得强装笑容，连说"不要紧，没有什么"，其实是"有什么"的！我的新制的淡青灰哗叽长衫上又染上了芭蕉扇大的一块茶渍！

主人以这事件为前车，以后添茶时逢到伸手遮住茶杯的客人，便用开诚布公的语调说："不要客气，大家老实来得好！"客人都会意，便改用指头敲击桌子："答，答，答，答。"这办法的确较好，除了不妨碍视线的好处外，又是有声有色，郑重得多。况且手的样子活像一个小型的人：中指像头，食指和无名指像手，大指和小指像足，手掌像身躯，口称"叩头"而用中指"答，答，答，答"地敲击起来，俨然是"五体投地"而"捣蒜"一般叩头的模样。

主人分送香烟，座中吸烟的人，连主人共有五六人，我也在内。主人划一根自来火，先给我的香烟点火。自来火在我眼前烧得正猛，匆促之间我真想不出谦让的方法来，便应了一声，把香烟凑上去点着了。主人忙把已经烧了三分之一的自来火给坐在我右面的客人的香烟点火。这客人正在咬瓜子，便伸手推主人的臂，口里连叫"自来，自来"。"自来"者，并非"自来火"的略语，是表示谦让，请主人"自"己先"来"（就是点香烟）的意思。主人坚不肯"自来"，口中连喊"请，请，请"，定要隔着一张八仙桌，拿着已剩二分之一弱的火柴杆来给这客人点香烟。我坐在两人中间，眼看那根不知趣的火柴杆越烧越短，而两人的交涉竟不解决，心中替他们异常着急。主人又似乎不大懂得燃烧的物理，一味把火头向下，因此火柴杆烧得很快。幸而那客人不久就表示屈服，丢去正咬的瓜子，手忙脚乱地在茶杯旁边捡起他那支香烟，站起来，弯下身子，就火上去吸。这时候主人手中的火柴杆只剩三分之一弱，火头离他的指爪只有一粒瓜子的距离了。

出乎我意外的，是主人还要撮着这一粒火柴杆，去给第三个客人点香烟，第三个客人似乎也没有想到这一点，不曾预先取烟在手。他看见主人有"燃指之急"，特地不取香烟，摇手喊道："我自来，我自来。"主人依然强硬，不肯让他自来。这第三个客人的香烟的点火，终于像救火一般惶急万状地成就了。他在匆忙之中带翻了一只茶杯，幸而杯中盛茶不多，不曾做再度的泛滥。我屏息静观，几乎发呆了，到这时候才抽一口气。主人把拿自来火的手指用力地搓了几搓，再划起一根自来火来，为第四个客人的香烟点火。在这事件中，我顾怜主人的手指烫痛，又同情于客人的举动的仓皇，觉得这种主客真难做：吸烟，原是一件悠闲畅适的事，但在这里变成救火一般惶急万状了。

这一天，我和别的几位客人在主人家里吃一餐饭，据我统计，席上一共闹了三回事。第一次闹事，是为了争座位。所争的是朝里的位置。这位置的确最好：别的三面都是两人坐一面的，朝里可以独坐一面；别的位置都很幽暗，朝里的位置最亮。且在我更有可取之点，我患着羞明的眼疾，不耐对着光源久坐，最喜欢背光而坐。我最初看中这好位置，曾经一度占据，但主

064

人立刻将我一把拖开，拖到左边的里面的位置上，硬把我的身体装进椅子里去。这位置最黑暗，又很狭窄，但我只得忍受。因为我知道这座位叫作"东北角"，是最大的客位，而今天我是远客，别的客人都是主人请来陪我的。主人把我驱逐到"东北"之后，又和别的客人大闹一场：坐下去，拖起来；装进去，逃出来；约莫闹了五分钟，方才坐定。"请，请，请"，大家"请酒"，"用菜"。

第二次闹事，是为了灌酒。主人好像是开着义务酿造厂的，多多益善地劝客人饮酒。他有时用强迫的手段，有时用欺诈的手段。客人中有的把酒杯藏到桌子底下，有的拿了酒杯逃开去。结果有一人被他灌醉，伏在痰盂上呕吐了。主人一面照料他，一面劝别人再饮，好像已经"做脱"了一人，希望再麻翻几个似的。我幸而以不喝酒著名，当时以茶代酒，没有卷入这风潮的旋涡中，没有被麻翻的恐慌。但久作壁上观，也觉得厌倦了，便首先要求吃饭。后来别的客人也都吃饭了。

第三次闹事，便是为了吃饭问题。但这与现今世间到处闹着的吃饭问题性质完全相反。这是一方强迫对方吃饭，而对方不肯吃。起初两方各提出理由来互相辩论，后来是夺饭碗——一方硬要给他添饭，对方决不肯再添；或者一方硬要他吃一满碗，对方定要减少半碗。粒粒皆辛苦的珍珠一般的白米，在这社会里全然失却其价值，几乎变成狗子也不要吃的东西了。我没有吃酒，肚子饿着，照常吃两碗半饭。在这里可说是最肯负责吃饭的人，没有受主人责备。因此我对于他们的争执，依旧可作壁上观。我觉得这争执状态真是珍奇，尤其是在到处闹着没饭吃的中国社会里，映成强烈的对比。可惜这种状态的出现，只限于我们这主人的客厅上，又只限于这一餐的时间。若得因今天的提倡与厉行而普遍于全人类，永远地流行，我们这主人定将在世界到处的城市里被设立生祠，死后还要在世界到处的城市中被设立铜像呢！我又因此想起了以前在你这里看见过的日本人描写乌托邦的几幅漫画：在那漫画的世界里，金银和钞票是过多而没有人要的，到处被弃掷在垃圾桶里，清道夫满满地装了一车子钞票，推到海边去烧毁。半路上还有人开了后门，捧出一畚箕金镑来，硬要倒进他的垃圾车中去，却被清道夫拒绝了。马路边的水门汀上站着的乞丐，都提着一大筐子的钞票，在那里哀求苦告地分送给行人，行人个个远而避之。我看今天座上为拒绝吃饭而起争执的主人和客人们，足有列入那种漫画人物中的资格。请他们侨居到乌托邦去，再好没有了。

我负责地吃了两碗半白米饭，虽然没有受主人责备，但把胃吃坏，积滞了。因为我是席上第一个吃饭的人，主人命一仆人站在我身旁，伺候添饭。这仆人大概受过主人的训练，伺候得异常忠实：当我吃到半碗饭的时候，他就开始鞠躬如也地立在我近旁，监督我的一举一动，注视我的饭碗，静候我吃完。等到我吃剩三分之一的时候，他站立更近，督视更严，他的手跃跃欲试地想来夺我的饭碗。在这样的监督之下，我吃饭不得不快。吃到还剩两三口的时候，他的手早已搭在我的饭碗边上，我只得两三口并作一口地吞食了，让他把饭碗夺去。这样急急忙忙地装进了两碗半白米饭，我的胃就积滞，隐隐地作痛，连茶也喝不下去。但又说不出来。忍痛坐了一会，又勉强装了几次笑颜，才得告辞。我坐船回到家中，已是上灯时分，胃的积滞还没有消，吃不进夜饭。跑到药房里去买些苏打片来代夜饭吃了，便倒身在床上。直到黄昏，胃里稍觉松动些，就勉强起身，跑到你这里来抽一口气。但是我的身体、四肢还是很疲劳，连脸上的筋肉，也因为装了一天的笑，酸痛得很呢！我但愿以后不再受人这种优礼的招待！

他说罢，又躺在藤床上了。我把香烟和火柴送到他手里，对他说："好，待我把你所讲的一番话记录出来。倘能卖得稿费，去买许多饼干、牛奶、巧克力和枇杷来给你开慰劳会吧。"

一九三四年五月旅中

（选自《缘缘堂随笔集》，浙江文艺出版社，1983年版）

劝菜

——瓮牗剩墨之十二

王了一

中国有一件事最足以表示合作精神的，就是吃饭。十个或十二个人共一盘菜，共一碗汤。酒席上讲究同时起筷子，同时把菜夹到嘴里去，只差不曾嚼出同一的节奏来。相传有一个笑话。一个外国人问一个中国人说："听说你们中国有二十四个人共吃一桌酒席的事，是真的吗？"那中国人说："是真的。"那外国人说："菜太远了，筷子怎么夹得着呢？"那中国人说："我们有一种三尺来长的筷子。"那外国人说："用那三尺来长的筷子，夹得着是不成问题了，怎么转得弯来把菜送到嘴里去呢？"那中国人说："我们是互相帮忙，你夹给我吃，我夹给你吃的啊！"

中国人的吃饭，除了表示合作的精神之外，还合于经济的原则。西洋每人一盘菜，吃剩下来就是暴殄天物；咱们中国人，十人一盘菜，你不爱吃的却正是我所喜欢的，互相调剂，各得其所。因此，中国人的酒席，往往没有剩菜，即使有剩，它的总量也不像西餐剩菜那样多，假使中西酒席的菜本来相等的话。

有了这两个优点，中国人应该踌躇满志，觉得圣人制礼作乐，关于吃这一层总算是想得尽善尽美的了。然而咱们的先哲犹嫌未足，以为食而不让，则近于禽兽，于是提倡食中有让。起初是消极的让，就是让人先夹菜，让人多吃好东西。后来又加上积极的让，就是把好东西夹到别人的碟子里、饭碗里，甚至于嘴里。其实积极的让也是由消极的让生出来的：遇着一样好东西，我不吃或少吃，为的是让你多吃；同时，我以君子之心度君子之腹，知道你一定也不肯多吃，为的是要让我。在这僵局相持之下，为了使我的让德战胜你的让德起见，我就非和你争不可！于是劝菜这件事也就成为"乡饮酒礼"① 中的一个重要项目了。

劝菜的风俗处处皆有，但是素来著名的礼让之乡如江浙一带尤为盛行。男人劝得马虎些，夹了菜放在你的碟子里就算了；妇女界最为殷勤，非把菜送到你的饭碗里去不可。照例是主人劝客人，但是，主人劝了开头之后，凡自认为主人的至亲好友的，都可以代主人来劝客。有时候，一块"好菜"被十双筷子传观、周游列国之后，却又物归原主！假使你是一位新姑爷，

---

① 《仪礼》的一篇。

情形又不同了。你始终成为众矢之的，全桌的人都把"好菜"堆到你的饭碗里来，堆得满满的，使你鼻子碰着鲍鱼，眼睛碰着鸡丁，嘴唇上全糊着肉汁，简直吃不着一口白饭。我常常这样想，为什么不开始就设计这样一碗"什锦饭"，专为上宾贵客预备，倒反要大家临时大忙一阵呢？

　　劝菜固然是美德，但是其中还有一个嗜好是否相同的问题。孟子说："口之于味，有同耆也。"我觉得他老人家这句话多少有点儿语病，至少还应该加上一段"但书"①。我还是比较喜欢法国的一句谚语："唯味与色无可争。"意思是说，食物的味道和衣服的颜色都是随人喜欢，没有一定的美恶标准的。这样说来，主人所喜欢的"好菜"，未必是客人所认为好吃的菜。肴馔的原料和烹饪的方法，在各人的见解上（尤其是籍贯不相同的人），很容易生出大不相同的估价。有时候，把客人所不爱吃的东西硬塞给他吃，与其说是有礼貌，不如说是令人难堪。十年前，我曾经有一次做客，饭碗被鱼虾鸡鸭堆满了之后，我突然把筷子一放，宣布吃饱了。直等到主人劝了又劝，我才说："那么请你们给我换一碗白饭来！"现在回想，觉得当时未免少年气盛；然而直到如今，假使我再遇同样的情形，一时急起来，也难保不用同样方法来对付呢！

---

　　① 法律条文中，在本文之后说明有例外叫"但书"。这里指例外。

070

中国人之所以和气一团，也许是津液交流的关系。尽管有人主张分食，同时也有人故意使它和到不能再和。譬如新上来的一碗汤，主人喜欢用自己的调羹去把里面的东西先搅一搅；新上来的一盘菜，主人也喜欢用自己的筷子去拌一拌。至于劝菜，就更顾不了许多，一件山珍海错，周游列国之后，上面就有了五七个人的津液。将来科学更加昌明，也许有一种显微镜，能让咱们看见酒席上病菌由津液传播的详细状况。现在只就我的肉眼所能看见的情形来说。我未坐席就留心观察，主人是一个津液丰富的人。他说话除了喷出若干吐沫之外，上齿和下齿之间常有津液像蜘蛛网般弥缝着。入席以后，主人的一双筷子就在这蜘蛛网里冲进冲出，后来他劝我吃菜，也就拿他那一双曾在这蜘蛛网里冲进冲出的筷子，夹了菜，恭恭敬敬地送到我的碟子里。我几乎不信任我的舌头！同一盘炒山鸡片，为什么刚才我自己夹了来是好吃的，现在主人恭恭敬敬地夹了来劝我却是不好吃的呢？我辜负了主人的盛意了。我承认我这种脾气根本就不适宜在中国社会里交际。然而我并不因此就否定劝菜是一种美德。"有杀身以成仁"，牺牲一点儿卫生戒条来成全一种美德，还不是应该的吗？

（选自《龙虫并雕斋琐语》，中国社会科学出版社，1982年版）

忙

——龙虫并雕斋琐语之七

王了一

　　"自嗟名利客，扰扰在人间。何事长淮水，东流亦不闲。"可见是人就非忙不可。不过忙的程度有深浅，而忙的种类也各有不同。打麻将打到天亮，也是忙之一种。现在我只想提出三种忙来说：第一是恋爱忙，第二是事业忙，第三是应酬忙。

　　青年时代除了读书之外，就是恋爱忙了。有许多青年，读书可以不忙，恋爱却不能不忙。为了恋爱，可以"发愤忘食"；为了恋爱，可以"三月不知肉味"；为了恋爱，可以"下帷"，"目不窥园"；为了恋爱，可以"下笔不能自休"，"烛尽见跋"。至于披星戴月，栉风沐雨，为了爸爸妈妈所不肯忙之事，为了密斯则甘心忙了又忙，多多益善。恋爱的青年有闲中之忙，有忙中之闲。所谓闲中之忙，是因为游山玩水，步月赏花成为一种功课、一种手段，你闲也要你闲，你不闲也要你闲。这样的情形，我们可以叫作"忙于装闲"。所谓忙中之闲，却是因为火车站上立移时，芳踪竟杳；会客室中坐落日，香辇未归。此时大可倚杖看云，凭窗读画，然而热锅上的蚂蚁却没有闲心思去欣赏大自然和艺术。这样的情形，我们可以叫作"欲忙不得"。

到了中年，恋爱时代已过，却又该为事业而忙了。恋爱的忙，虽忙不苦；事业的忙，有时候既忙且苦。当然，以一身系天下安危的人，多忙一分，则民众多受一分的德泽；就是为自己而忙，只要忙得有意思，忙得有新花样，忙得顺利，也就高兴去忙。不过，世界上高兴忙的人实在太少了，苦忙的人也实在太多了。国文教员每晚抱着一大堆作文本子，呕尽心血去改正那些断头削足、冠履倒置的字，前言不搭后语、真真岂有此理的文；理发匠的剪刀籁籁，以单调的节奏，在千百人的头上兜圈子；开电车的每天依着一定的轨道，手摇脚踏，简直是一个活机器；银行里数钞票的整日价看那青蚨飞来飞去，并没有飞进自己的荷包。在外国，更有不少工人，一辈子只为某一种机器的某一部分的某一个针专做一个针孔。诸如此类，他们未必都觉得忙得有趣，只是为吃饭而忙。"成人不自在，自在不成人"，这也不过是忙人聊以自慰的话而已。

事业忙，对于爱情也大有影响。"无端嫁得金龟婿，辜负香衾事早朝"，这是不满意那忙于做官的丈夫的话；"嫁得瞿塘贾，朝朝误妾期"，这是不满意那忙于做买卖的丈夫的话。博多里煦在他的剧本《恋爱的妇人》里，描写一位实业家的太太，因为丈夫忙于经营实业，没有闲工夫和她亲热，她也就另恋别人。武大郎忙于卖烧饼，潘金莲才容易到西门庆的手里，因为西门庆完全合于王婆所提出的五个条件，其中的一个条件就是"闲"。寄语世间的忙丈夫们，无论如何总该忙里偷闲，陪着太太多逛两次西山，多看几场电影！

一个人到三十五岁以后，非但事业忙，而且应酬也忙。也不一定是大富大贵，只要你有相当的地位，尤其是独当一面的事，就会有许多无谓的应酬。有些人就借这种无谓的应酬来摆阔，例如宴会迟到或早退，表示刚从另一个宴会出来，或另有一个宴会在等候着他。听说有一种人根本就没有这许多宴会，不过因为要摆阔，在宴会吃个半饱就走，回到家里再陪着黄脸婆吃辣子和臭豆腐干。但是，真正应酬忙的人也实在不少，每天恨不得打两针吗啡来应付那些生张八和熟魏三！如果每一个人进门就是一声"无事不登三宝殿"，倒也罢了，所苦的是他们的废话一大堆，说了半个钟头还不会入题！捐款和谋事的人最会兜圈子。从天气说到国际局势，从国际局势说到物价，从物价说到某商店价值二十五万元的一件女大衣被一个乡下女人买去了，某地方有一个洋车夫被乘客抢得精光。说得起劲的时候，也没有注意到主人屡次看表，也没有注意到另有几位客人在外厅等着。其实多兜圈子也不见得能多捐些钱或找着更好的事，何苦令主人忙上加忙？最滑稽的是既非捐款，又非谋事，经过半天的信口开河之后，主人忍不住了，问他的来意是什么，原来是久仰大名，特来"致敬"的！天哪！"致敬"何不来一个快邮代电让主人一目十行之后就送进字纸篓里去？又何不遵照古礼，纳贽而后进门？总之，一个人到了社会所知之后，似乎他的时间就应该被社会所糟蹋。这一种忙，忙得最苦，既不为食，又不为色，只为的是怕得罪人。我们家乡有一句俗话说："三十又忧名不出，四十又忧名不收。"古人入山唯恐不深，就是"收名"之一道。如果你"自嗟名利客，扰扰在人间"，随便怎样苦忙，也只算是自作自受了。

（选自《龙虫并雕斋琐语》，中国社会科学出版社，1982年版）

说话
——龙虫并雕斋琐语之四

王了一

　　说话是最容易的事，也是最难的事。最容易，因为三岁孩子也会说话；最难，因为擅长辞令的外交家也有说错话的时候。

　　会说话的人不止一种：言之有物，实为心声，一謦一欬，俱带感情，这是第一种；长江大河，源远莫寻，牛溲马勃，悉成黄金，这是第二种；科学逻辑，字字推敲，无懈可击，井井有条，这是第三种；嬉笑怒骂，旁若无人，庄谐杂出，四座皆春，这是第四种；默然端坐，以逸待劳，片言偶发，快如霜刀，这是第五种；期期艾艾，隐蕴词锋，似讷实辩，以守为攻，这是第六种。这些人的派别虽不相同，实有异曲同工之妙。普通人喜欢用"口若悬河"四个字来形容会说话的人，其实这是很不恰当的形容语。泼妇骂街往往口若悬河，走江湖卖膏药的人，更能口若悬河，然而我们并不承认他们会说话，因为我们把这

"会"字的标准定得和一般人所定的不同。

应酬的话另有一套，有人专门擅长此术。捧人捧得有分寸，骂人骂得含蓄，自夸夸得很像自谦，这些技巧都是可以意会，而不可以言传的。尽管有人讨厌"油嘴"的人，但是实际上有几个人能不上油嘴的当？和油嘴相反的是说话不知进退，不识眉眼高低。想要自抬身份，不知不觉地把别人的身份压低了；想要恭维别人，不知不觉地使用了些得罪人的语句。这种人的毛病在于冒充会说话，终于吃了说话的亏。我有一次听见某先生恭维一位新娘子说："人家都说新娘子长得难看，我觉得并不难看。"这种人应该研究十年心理学，再来开口恭维人！

有些人太不爱说话了，大约因为怕说错了话，有时候又因为专拣有用的话来说。其实这种人虽是慎言，也未必得计。越不说话，就越不会说，于是在寥寥几句话当中，错误的地方未必比别人高谈阔论里的错误少些。至于专拣有用的话来说，这也是错误的见解。会说话的人，其妙处正在于化无用为有用，利用一些闲话去达到他的企图。会着棋的人没有闲着，会说话的人也没有闲话。

有些人却又太爱说话了，非但自己要多说，而且不许别人多说。这样，就变成了抢说。喜欢抢说的人常常叫人家让他说完，其实看他那滔滔不绝的样子，若等他说完真是俟河之清！这种人似乎把说话看作一种很大的权力，硬要垄断一切，不肯让人家利益均沾。偶然遇着对话的人也喜欢抢说，就弄成了僵局。结果是谁也不让谁，大家都只管说，不肯听，于是说话的意义完全丧失了。

打岔和兜圈子都是说话的艺术。打岔往往是变相的不理或拒绝。"王顾左右而言他"，齐宣王就这样地让孟子碰过一回钉子。兜圈子往往使言语变得委婉，但有时候也可以兜圈子骂人。兜圈子骂人就是"挖苦"人。说挖苦话的人自以为绝顶聪明，事后还喜欢和别人说起，表示自己的说话艺术。但是，喜欢"挖苦"的人毕竟近于小人，因为既不大方，又不痛快。

说话的另一艺术是捉把柄。人家说过了什么话，就跟着他那话来做自己的论据。这叫作"以子之矛陷子之盾"，往往能使对方闭口无言。不过，如果断章取义，或故意曲解，也就变为无聊了。

上面所说的打岔、兜圈子和捉把柄，相骂的时候都用得着。打岔是躲避，兜圈子是摆阵，捉把柄是还击。可惜的是：相骂的人大多数是怒气冲冲，不甘心打岔，不耐烦兜圈子，忘了捉把柄。由此看来，骂人决胜的条件是保持冷静的头脑。泼妇和人相骂往往得胜，并不一定因为她特别会说话，只因她把相骂当作一种娱乐，故能"好整以暇"，不至于被怒气减低了她平日说话的技能。

说话比写文章容易，因为不必查字典，不必担心写白字；

同时，说话又比写文章难，因为没有精细考虑和推敲的余暇。基于这后一个理由，像我这么一个极端不会说话的人，居然也写起一篇"说话"来了。

（选自《龙虫并雕斋琐语》，中国社会科学出版社，1982年版）

客

梁实秋

"只有上帝和野兽才喜欢孤独。"上帝吾不得而知之，至于野兽，则据说成群结党者多，真正孤独者少。我们凡人，如果身心健全，大概没有不好客的。以喜欢幽独著名的 Thoreau，他在树林里也给来客安排得舒舒贴贴。我常幻想着"风雨故人来"的境界，在风飒飒、雨霏霏的时候，心情枯寂百无聊赖，忽然有客款扉，把握言欢，莫逆于心，来客不必如何风雅，但至少第一不谈物价升降，第二不谈宦海浮沉，第三不劝我买保险，第四不劝我信教，乘兴而来，兴尽即返，这真是人生一乐。但是我们为客所苦的时候也颇不少。

很少的人家有门房，更少的人家有拒人千里之外的阍者，门禁既不森严，来客当然无阻，所以私人居处，等于日夜开放。有时主人方在厕上，客人已经升堂入室，回避不及，应接无术，主人鞠躬如也，客人呆若木鸡。有时主人方在用饭，而高轩贲止，便不能不效周公之"一饭三吐哺"，但是来客并无归心，只好等送客出门之后再补充些残羹剩饭，有时主人已经就枕，而不能不倒屣相迎。一天二十四小时之内，不知客人何时入侵，主动在客，防不胜防。

在西洋，所谓客者是很稀罕的东西。因为他们办公有办公的地点，娱乐有娱乐的场所，住家专作住家之用。我们的风俗稍为不同一些。办公、打牌、吃茶、聊天都可以在人家的客厅里随时举行。主人既不能在座位上遍置针毡，客人便常有如归之乐。从前官场习惯，有所谓端茶送客之说，主人觉得客人应该告退的时候，便举起盖碗请茶，那时节一位训练有素的豪仆在旁一眼瞥见，便大叫一声"送客！"，另有人把门帘高高打起，客人除了告辞之外，别无他法。可惜这种经济时间的良好习俗，今已不复存在，而且这种办法也只限于官场，如果我在我的小小客厅之内端起茶碗，由荆妻稚子在旁嘤然一声"送客"，我想客人会要疑心我一家都发疯了。

客人久坐不去，驱禳至为不易。如果你枯坐不语，他也许发表长篇独白，像个垃圾口袋一样，一碰就泄出一大堆，也许一根一根的纸烟不断地吸着，静听挂钟滴嗒滴嗒地响。如果你暗示你有事要走，他也许表示愿意陪你一道走。如果你问他有无其他的事情见教，他也许干脆告诉你来此只为闲聊天。如果你表示正在为了什么事情忙，他会劝你多休息一下。如果你一遍一遍地给他斟茶，他也许就一碗一碗地喝下去而连声说"主人别客气"。乡间迷信，恶客盘踞不去时，家人可在门后置一扫帚，用针频频刺之，客人便会觉得有刺股之痛，坐立不安而去。此法有人曾经试验，据云无效。

"茶，泡茶，泡好茶；坐，请坐，请上坐。"出家人犹如此势利，在家人更可想而知。但是为常遭客灾的主人设想，茶与座二者常常因客而异，盖亦有说。素好牛饮之客，自不便奉以"水仙""云雾"，而精研《茶经》之士，又断不肯尝试那"高末""茶砖"。茶卤加开水，浑浑满满一大盅，上面泛着白沫如啤酒，或漂着油彩如汽油，这固然令人恶心，但是如果名茶一盏，而客人并不欣赏，轻啜一口，盅缘上并不留下芬芳，留之无用，弃之可惜，这也是非常讨厌之事。所以客人常被分为若干流品，有能启用平素主人自己舍不得饮用的好茶者，有能享受主人自己日常享受的中上茶者，有能大量取用茶卤冲开水者，飨以"玻璃"者是为未入流。至于座处，自以直入主人的书房绣闼者为上宾，因为屋内零星物件必定甚多，而主人略无防闲之意，于亲密之中尚含有若干敬意，做客至此，毫无遗憾；次焉者廊前檐下随处接见，所谓班荆道故，了无痕迹；最下者则肃入客厅，屋内只有桌椅板凳，别无长物，主人着长袍而出，寒暄就座，主客均客气之至；在厨房后门伫立而谈者，是为未入流。我想此种差别待遇，是无可奈何之事，我不相信孟尝门客三千而待遇平等。

人是永远不知足的。无客时嫌岑寂，有客时嫌烦嚣，客走后扫地抹桌又另有一番冷落空虚之感。问题的症结全在于客的素质，如果素质好，则未来时想他来，既来了想他不走，既走想他再来；如果素质不好，未来时怕他来，既来了怕他不走，既走怕他再来。虽说物以类聚，但不速之客甚难预防。"有约不来过夜半，闲敲棋子落灯花"，那种境界我觉得最足令人低回。

（选自《雅舍小品》，碧辉图书公司版）

握手

梁实秋

握手之事，古已有之，《后汉书》："马援与公孙述少同里间相善，以为既至常握手，如平生欢。"但是现下通行的握手，并非古礼，既无明文规定，亦无此种习俗，大概还是剃了小辫以后的事，我们不能说马援和公孙述握过手便认为是过去有此礼节的明证。

西装革履我们都可以忍受，简便易行而且惠而不费的握手我们当然无需反对。不过有几种人，若和他握手，会感到痛苦。

第一种是做大官或自以为做大官者，那只手不好握。他常常挺着胸膛，伸出一只巨灵之掌，两眼望青天，等你趁上去握的时候，他的手仍是直僵地伸着，他并不握，他等着你来握。你事前不知道他是如此爱惜气力，所以不免要热心地迎上去握，结果是孤掌难鸣，冷淙淙地讨一场没趣。而且你还要及早罢手，赶快撒手，因为这时候他的身体已转向另一个人去，他预备把那巨灵之掌给另一个人去握——不是握，是摸。对付这样的人只有一个办法，便是你也伸出一只巨灵之掌，你也别握，和他作"打花巴掌"状，看谁先握谁！

另一种人过犹不及。他握着你的四根手指，恶狠狠地一挤，使你痛彻肺腑，如果没有寒暄笑语偕以俱来，你会误以为他是要和你角力。此种人通常有耐久力，你入了他的掌握，休想逃脱出来。如果你和他很有交情，久别重逢，情不自禁，你的关节虽然痛些，我相信你会原谅他的。不过通常握手用力最大者，往往交情最浅。他是要在向你施压力的时候使你发生一种错觉，以为此人遇我特善。其实他握谁的手都是一样卖力的，如果此人曾在某机关做过干事之类，必能一面握手，一面在你的肩头重重地拍一下子，"哈喽，哈喽，怎样好？"

单就握手时的触觉而论，大概愉快的也不多。春笋般的纤纤玉指，世上本来少有，更难得一握，我们常握的倒是些冬笋或笋干之类，虽然上面更常有蔻丹的点缀，干到还不如熊掌。迭更斯的《大卫高拍菲尔》里的乌利亚，他的手也是令人不能忘的，永远是湿津津的冷冰冰的，握上去像是五条鳝鱼。手脏一点无妨，因为握前无暇检验，唯独带液体的手不好握，因为事后不便即揩，事前更不便先给他揩。

"有一桩事，男人站着做，女人坐着做，狗翘起一条脚儿做。"这桩事是——是握手。和狗行握手礼，我尚无经验，不知狗爪是肥是瘦，亦不知狗爪是松是紧，姑置不论。男女握手之法不同。女人握手无需起身，亦无需脱手套，殊失平等之旨，尚未闻妇女运动者倡议纠正。在外国，女人伸出手来，男人照例只握手尖，约一英寸至二英寸，稍握即罢，这一点在我们中国好像禁忌少些，时间空间的限制都不甚严。

朋友相见，握手言欢，本是很自然的事，有甚于握手者，亦未尝不可，只要双方同意，与人无涉。唯独大庭广众之下，宾客环坐，握手势必普遍举行，面目可憎者、语言无味者、想饱以老拳尚不足以泄愤者，都要一一亲炙，皮肉相接，在这种情形之下握手，我觉得是一种刑罚。

《哈姆雷特》中波娄尼阿斯诫其子曰："不要为了应酬每一个新交而磨粗了你的手掌。"我们是要爱惜我们的手掌。

（选自《雅舍小品》，碧辉图书公司版）

冬至之晨杀人记

林语堂

　　孔子曰：上士杀人使笔端，中士杀人用舌端，下士杀人怀石盘。可见杀人的方法很多。我刚会一位客，因为他谈锋太健了，就用两句半话把他杀死。虽然死不死由他，但杀不杀却由我，总尽我中士之义务了。

　　事情是这样的。我虽不信耶稣，却守圣诞，即俗所谓外国冬至。几日来因为圣诞节到，加倍闹忙，多买不应买的什物，多与小孩打滚，而且在这节期中似乎觉得义应特别躲懒，所以《中国评论报》"小评论"的稿始终未写。取稿的人却于二十分钟内要来了。本来我办事很有系统，此时却想给它不系统一下。我想一个人终年规规矩矩做事，到这节期撒一烂污，也没什么。就使《中国评论报》不能按期出版，中国也不致就此灭亡吧？所以我正坐在一洋铁炉边，梦想有壁炉观火的快乐，暂把胸中挂虑，一齐付之梦中炉火，化归乌有，飞上青天，只因素来安分成性，所以虽然坐着做梦，却时时向那架打字机丢眼色。结果，我明晓大义，躲懒之心被克服了，我下决心，正在准备工作。

正在这赶稿之时，知道有文章要写，却不知如何下笔，忽然门外铃响。看了片子，是个陌生客。这倒叫我为难，因为如果是熟客，我可以恭祝他圣诞一下，再请他滚蛋。不过来客情形又似十分重要。所以我叫听差先告诉来人，我此刻甚忙，不过如有要事，不妨进来座谈几分钟。他说事情非常紧要。由是进来了。

这位先生，穿得很整齐，举止也很风雅。其实看他聚珍版仿宋的名片，也就知道他是个学界中人。他的颡额很高，很像一位文人学者，但是嘴巴尖小，而且眼睛渺细，看来不甚叫人喜欢。他手里拿着一个纸包。我已经对他不怀好意了。

于是我们开始寒暄。某君是久仰我的"大名"而且也曾拜读过我的"大作"。

"浅薄得很。先生不要见笑。"我照例恭恭敬敬地回答。但是这句话刚出口，我登时就觉不妙。我得了一种感觉，我们还得互相回敬十五分钟，大绕大弯，才有言归正传的希望。到底不知他有什么公干。

老实说，我会客的经验十分丰富。大概来客越知书识礼，互相回敬的寒暄语及大绕大弯的话头越多。谁也知道，见生客是不好冒冒昧昧，像洋鬼子"此来为某事"一样直截了当开题的，因为这样开题，便不风雅了。凡读书人初次相会，必有读书人的身份，把做八股的工夫，或是桐城派起承转伏的义法拿出来。这样谈起话来，叫作"话里有文章"，文章不但应有风格，而且应有结构。大概可分为四段。不过谈话并不像文章的做法，下笔便破题而承题：入题的话是要留在最后。这四段是这样的：（一）寒暄，评气候；（二）叙往事，追旧谊；（三）谈时事，发感慨；（四）所要奉托之"小事"。凡读书人，绝不肯从第四段讲起，必须运用章法，有伏，有承，气势既壮，然后陡然收笔，于实为德便之下，兀然而止。这四段若用图画分类法，亦可分为：（一）气象学、（二）史学、（三）政治、（四）经济。第一段之作用在于"坐稳"，符于来则安之之义。"尊姓""大名""久仰""凤违"及"今天天气哈哈哈"属于此段。位安而后情定。所谓定情，非定情之夕之谓，不过联络感情而已，所以第二段便是叙旧。也许有你的令侄与某君同过学，也许你住过南小街，而他住过无量大人胡同，由是感情便融洽了。如果，大家都是北大中人，认识志摩、适之，甚至辜鸿铭、林琴南……那便更加亲挚而话长了。感情既洽，声势斯壮，故接着便是谈时事，发感慨。这第三段范围甚广，包括有：中国不亡是无天理，救国策，对于古月三王草将马二弓长诸政治领袖之品评，等等。连带的还有追随孙总理几年到几年之统计。比如你光绪三十一年听见过一次孙总理演讲，而今年是民国二十一年，合计应得二十五年，这便叫作追随总理二十五年。及感情既洽，声势又壮，陡然下笔之机已到，于是客饮茶起立，拿起帽子。兀突而来转入第四段：现在有一小事奉烦。先生不是认识○○大学校长吗？可否请写一封介绍信。总结全文。

这冬至之晨，我神经聪明，知道又要恭聆四段法的文章了。因为某先生谈吐十分风雅，举止十分雍容，所以我有点准备，心坎里却在猜想他纸包里不知有何宝贝，或是他要介绍我什么差事。话虽如此，我们仍旧从气象学谈起。

十二宫星宿已经算过，某先生偶然轻快地提起傅君来。傅君是北大的高才生。我明白，他在叙旧，已经在第二段。是的，这位先生确是雄才，胸中有光芒万丈，笔锋甚健。他完全同意，但是我的眼光总是回复射在打字机及他的纸包上。然而不知怎样，我们的感情果然融洽起来了。这位先生谈得句句有理，句句中肯。

自第二段至第三段之转入，是非常自然。

傅君，蜀人也。你瞧，四川不是正在有叔侄大义灭亲的一场厮杀吗？某先生说四川很不幸。他说看见《论语》半月刊（我听人家说看见《论语》半月刊，总是快活），知道四川民国以来共有四百七十七次的内战。我自然无异辞，不过心里想："中国人的时间实在太充裕了。"评论报的用人就要来取稿了。所以也不大愿再听他的议论，领略他的章法，而很愿意帮他结束第三段。我们已谈了半个多钟头。这时我觉得叫一切四川军阀都上吊，转入正题，也不致出岔。

"先生今日来访，不知有何要事？"

"不过一点小小的事。"他说着打开他的纸包。"听说先生与某杂志主编胡先生是戚属，可否奉烦先生将此稿转交胡先生。"

"我与胡先生并非戚属，而且某杂志之名，也没听见过。"我口不由心狂妄地回答，言下觉得颇有中士杀人之慨。这时剧情非常紧张。因为这样猛然一来，不但出了我自己意料之外，连这位先生也愕然。我们俩都觉得啼笑皆非，因为我们深深惋惜，这样用半个钟点工夫做的起承转伏、正要入题的好文章，因为我的狂妄，弄得毫无收场，我的罪过真不在魏延踢倒七星灯之下了。此时我们俩都觉得人生若梦！因为我知道我已白白地糟蹋我最宝贵的冬至之晨，而他也感觉白白地糟蹋了他气象、天文、史学、政治的学识。

（选自《我的话》上册，时代图书公司，1934年版）

送礼

李健吾

　　送礼是一种艺术。和别的艺术一样，它有时代、民族和性灵的种种意义。比较而言，它离诗离音乐最远，虽说它有时候表现诗或者音乐的境界，不下于诗或者音乐的含蓄。张三送来一把湘妃折扇，噢，雅人雅事，只有张三做得到；李四远巴巴从家乡送来一斤枇杷，打开一看，烂了，丢了拉倒，但是，他的愚骏多近乎诗意呀！诗或者音乐要的是朦胧，或者混沌，从混沌到白痴是一条捷径。不过，送礼的姊妹艺术不是诗或者音乐，而是小说。

　　它要的是观察。理智是明澈的，世故是熟练的，应用是圆到的。送礼如若表现送者的个性，个性却在反映对象的认识。张三结婚，请我去做收发。看着一件一件贺礼，我认识物品后面藏着的心情，和产生这种心情的性格。送银盾，送喜帐，送贺金，是一等人。送花篮，又是一等人。两样都送，又是一等人。送文房四宝，送厨房用具，送洞房摆设，送男女装饰，又是一等人。因为礼物的轻重、大小、珍凡，我可以看出双方友谊的距离。把这些不同的友谊聚在一起，我可以立时明白（假如平时我不大清楚）张三的历史，和造成这种历史的环境与为人。做他一次收发，我决定了我和他来往与否的犹疑。

但是，我做收发的未尝不遇到例外。拿我自己来说，我和朋友的交情是深的，他遭了患难总是我抢先营救，然而轮到送礼，我就懒散了。第一，我不晓得送什么好，因为世上没有东西能表达我的衷情。第二，我不愿意落俗，以为朋友一样和俗无缘。然而我这种疏忽替我回绝了多少友谊！说到临了，送礼不仅是社交的礼貌，而且是做成骄傲的无上凭证。是人就有虚荣。看着一厅的礼物，张三站在当中，觉得世上只有他没有白活一趟。"这是钱大人送的一对玻璃花瓶，别瞧礼轻，是钱大人送的，唉！礼轻人重。这是——什么！叫花子头儿刘五也送礼来了！你明白，他巴结我，因为，总之，我张家积的德。"是的，他心满意足，这一切是他活着没有被人遗忘的真凭实据，不仅没有被遗忘，简直是他为人推重的理由。送礼是成全别人的虚荣。此其所以往往办白事、办红事，会把人办穷了，都是贪那点儿小便宜的毛病。来而不往非礼也，于是乎送礼，当掉纺绸大衫，卖掉北乡的水田。

送礼要适中，过犹不及。最聪明的是不破分文，去拿别人存在咱们家的东西送礼，管他别人不别人，只要目前合算。有话将来再说。为了达到自己的方便，牺牲无辜的第三者。这种应酬的实例最鲜明的是东挖西补的政治家。他们打着信义招牌，铺子也就出卖一样的货色：信义。现今生意最兴隆的，是张伯伦做掌柜的英吉利。

（选自《李健吾散文集》，宁夏人民出版社，1986年版）

骨牌声

叶圣陶

　　走进里里，总弄的靠墙角的一盏盏电灯全都亮了，在第四盏灯底下，一张轻便的桌子斜角摆着，四个女人围着"打麻将"。她们不用扇扇子，也不在周身乱拍乱搔，像其他乘凉的人那样，大概暑气与蚊虫都与她们疏远了。

　　这使我想到伯祥近来的一夜的失眠。伯祥的屋子是带跨街楼的，就把跨街楼作为卧室。那一晚他上床睡了。来了！就在楼底下传来倒出一盒骨牌的声音，接着就是摸牌的声音，碰牌的声音，人的说笑、惊喜、埋怨、随口骂詈，种种的声音。先前医生给伯祥诊察过，说他的血浆比较薄，心脏不很强健，影响到心理，就形成敏锐的感觉。这楼下的声音并不细微，当然立刻引起他的注意，朦胧的倦意就消失了。声音继续不绝，他似乎被强迫地一一去听，同时对于将要失眠了又怀着越来越凶的惴惴。楼下的人兴致不衰，一圈一圈打下去，直到炮车似的粪车动地震耳地推进里里来了，他们方才歇手。谁输谁赢自然是确定了，或者大家还觉得有点儿软软的倦意，但是他们必然料不到楼上的伯祥也陪着他们一夜不曾合眼。

在我家听力所及的四围的邻居中，也常常有通宵打牌的。我是出了名的贪睡汉，并不曾因此失眠过一回，像伯祥那样。在我还没有睡的时候，听见他们摸牌，很不经意地想，"他们打牌了"，随后也就安然，躺下不多时，就睡熟了。偶尔半夜里醒来，又听见他们摸牌，朦朦胧胧地想，"他们还没有歇手呢"，一转身，又睡熟了。直到小女孩醒了，我似乎被她闹醒，看窗上已经布满含有希望的青光，这时候又听见他们摸牌，轻轻地，慢慢地，似乎乏力的样子，这才知道他们打了通宵的牌。

不是没有白天打牌的，据家里人说，日里头也常听见骨牌、桌子相击的声音。不过我日里头在家的时候少，就觉得打牌的事总是夜里发生的多了，然而有几回回家吃午饭的时候，也曾听得拍拍劈劈的骨牌响。

有人说，"游戏而至于打麻将，可说最没有趣味的了。组织这么简单，一点儿用不着费心思，有什么好玩！"说这句话如果意在劝人不要打麻将，简直是不通世务的读书官人说的，明白的人决不会这么说。

现在先讲趣味。趣味是须经旁人判定呢，还是在于本身的体会？这似乎无须讨论，当然在于本身的体会——别人固然可以代我判定，但是没有办法使我与他同感。譬如别人尽可以向我说大蒜是最爽口的东西，但是我总觉得大蒜的恶臭不堪向迩；别人又可以向我说这西瓜不好，不要吃吧，但是我总不肯舍弃，因为凡西瓜不论好坏我都爱吃：这有什么办法呢？

那些朝打牌、夜打牌的男人们，大概有个职业，他们认定职业是为着吃饭的，天生就一张嘴一副肠胃，就不能不从职业上弄到一点消费的材料。这里头颇含勉强的意思，即使有趣味也淡得很了，不然，为什么工人喜欢歇工，教员爱听放假呢？那些女人们，大概担负大部分的家务，她们认定家务是自己先天注定的重负，为男人、为孩子、为全家族，都是不可推诿的；这就未必是心甘情愿的了，似乎说不上有什么趣味，不然，为什么弄口电灯底下，常常有两三个女人在那里互诉家务的辛劳呢？至于一些游手好闲的男女，东家靠一靠就是一两点钟，西家坐一坐就是半天，谈些捉到几个臭虫、昨夜给蚊虫扰了一夜的事，实在也是莫可奈何，才做这种无聊的消遣，如果要他们说一声"这很有趣味"，我猜想他们未必愿意答应吧。

人总爱做点有趣味的事，借以消解种种的劳困与无聊。他们有什么事情可做呢？你说，为什么不去欣赏艺术？不错，但是欣赏须得有素养，他们有吗？你又说，为什么不去逛公园？不错，但是逛公园男的须穿起洋服，女的也须打扮得体面一点，这岂是人人办得到的事？房屋是丛墓的样子，三家四家的人统统砌在一楼一底里，身也转不得，更不用说北窗消暑、月院乘凉了。好在桌子是现成摆在那里的，骨牌是祖传或新置的，倒不如就此坐拢来，打这么八圈十二圈。心有所注，暑气全消了，蝇蚊也似乎远引了，趣味一。大家说打牌是写意（"写意"是苏、沪一带人常说的，含有漂亮、舒服、轻快、推开责任等等意思，这里指舒服）的事，现在居然身为写意的事，同大大小小的写意人一样，趣味二。或者幸运光临，还可以有赢到几个铜元几个银角子的希望，如同中了什么奖券的小彩，趣味三。谁说没有趣味呢！

其次讲用心思，这是尤其简单不过的。你以用心思为有味，也许人家以不用心思为有味，如果彼此因此争论起来，结果当是谁也不能折服谁。况且向来不曾用过心思的，你定要他非用心思不可，岂不叫他头痛？他们说，麻将之所以使我们欢喜，就在于一点儿用不着费心思。你又有什么话说？

世间不通世务的读书官人究竟不多，做点有趣味的事这个观念究竟是普遍的，于是我们常常听见骨牌声了。

（选自《叶圣陶散文甲集》，四川人民出版社，1983年版）

命相家

夏丏尊

　　我因事至南京，住在××饭店。二楼楼梯旁某号房间里，寓着一位命相家，房门照例是关着的。这位命相家叫什么名字，房门上挂着的那块玻璃框子的招牌上写着什么，我虽在出去回来的时候必须经过那门前，却未曾加以注意。

　　有一天傍晚，我从外边回来，刚走完楼梯，见有一个着洋服的青年方从命相家房中走出，房门半开，命相家立在门内点头相送，叫"再会！"

　　那声音很耳熟，我急把脚立住了看那命相家，不料就是十年前的同事刘子岐。

　　"呀！子岐！"我不禁叫了出来。

　　"呀！久违了。你也住在这里吗？"他吃了一惊，把门开大了让我进去。我重新去看门口的招牌，见上面写着"青田刘知机星命谈相"等等文字。

"哦！刘子岐一变而为刘知机。十年不见，不料得了道了，究竟是怎么一回事？"我急忙问。

"说来话长，要吃饭，没有法子。你仍在写东西吗？教师也好久不做了吧。真难得，会在这里碰到。不瞒你说，我吃这碗饭已有七八年了。自从那年和你一同离开××中学以后，漂泊了好几处地方，这里一学期，那里一学期，不得安定，也曾挂了斜皮带革过命，可是终于生活不下去。你知道，我原是一只三脚猫，以后就以卖卜混饭了。最初在上海挂牌，住了四五年，前年才到南京来。"

"在上海住过四五年，为什么我一向不曾碰到你？上海的朋友之中也没有人谈及呢？"我问。

"我改了名字，大家当然无从知道了。朋友们又是一向都不信命相的，我吃了这口江湖饭，也无颜去找他们。如果今天你不碰巧看到我，你会知道刘知机就是我吗？"

我有许多事情想问，不知从何说起。忽然门开了，进来的是两位顾客：一个是戴呢帽、穿长袍的，一个是着中山装的，年纪都未满三十岁。刘子岐——刘知机丢开了我，满面春风地立起身来迎上前去，俨然是十足的江湖派。我不便再坐，就把房间号数告诉了他，约他畅谈，回到了自己的房间里。

十年前的中学教师，居然会卖卜？顾客居然不少，而且大都是青年知识阶级中人。感慨与疑问乱云似的在我胸中纷纷垒起。等了许久，刘知机老是不来，叫茶房去问，回说房中尚有好几个顾客，空了就来。

"对不起，一直到此刻才空。"刘知机来已是黄昏时候了。"难得碰面，大家出去叙叙。"

在秦淮河畔某酒家中觅了一个僻静的座位，大家把酒畅谈。

"生意似乎很不错呢。"我打动他说。

"呃，这几天是特别的。第一种原因，听说有几个部长要更动了，部长一更动，人员也当然有变动。你看，××饭店不是客人很挤吗？第二种原因，暑假快到了，各大学的毕业生都要谋出路，所以我们的生意特别好。"

"命相学当真可凭吗？"

"当然不能说一定可凭。不过在现今这样的社会上，命相之说，尚不能说全不足信。你想，一个机关中，当科长的，能力是否一定胜过科员？当次长的，能力是否一定不如部长？举个例子说，我们从前的朋友之中，李××已成了主席了。王××学力人品，平心而论远过于他，革命的功绩也不比他差，可是至今还不过一个××部的秘书。还有，一班毕业生数十人之中，有的成绩并不出色，倒有出路，有的成绩很好，却无人过问。这种情形除了命相以外，该用什么方法去说明呢？有人说，现今吃饭全靠八行书。这在我们命相学上就叫'遇贵人'。又有人挖苦现在贵人们的亲亲相阿，说是生殖器的联系。这简直是穷通由于先天，证明'命'的的确确是有的了。"刘知机玩世不恭地说。

"这样说来，你们的职业实实在在有着社会的基础的，哈哈。"

"到了总理的考试制度真正实行了以后，命相也许不再能成为职业。至于现在，有需要，有供给，乃是堂堂皇皇的吃饭职业。命相家的身份绝不比教师低下，我预备把这碗江湖饭吃下去哩。"

"你的营业项目有几种？"

"命、相、风水、合婚择日，什么都干。风水与合婚择日近来已不行了。风水的目的是想使福泽及于子孙，现今一般人的心理，顾自身顾目前都来不及，哪有余闲顾到几十年几百年后的事呢？至于合婚择日，生意也清，摩登青年男女间盛行恋爱同居，婚也不必'合'，日也无须'择'了。只有命、相两项，现在仍有生意。因为大家都在急迫地要求出路，等机会，出路与机会的条件不一定是资格与能力，实际全靠碰运气。任凭大家口口声声喊'打破迷信'，到了无聊之极的时候，也会瞒了人花几块钱来请教我们。在上海，顾客大半是商人，他们所问的是财气。在南京，顾客大半是'同志'与学校毕业生，他们所问的是官运。老实说，都无非为了要吃饭。唯其大家要想吃饭，我们也就有饭可吃了。哈哈……"刘知机滔滔地说，酒已半醺了，自负之外又带感慨。

"你对于这些可怜的顾客，怎样对付他们？有什么有益的指导呢？"

"还不是靠些江湖上的老调来敷衍！我只是依照古书，书上怎么说就怎么说。准不准连我自己也不知道。好在顾客也并不打紧，他们到我这里来，等于出钱去买香槟票，着了原高兴，不着也不至于跳河上吊的。我对他说'就快交运'，'向西北方走'，'将来官至部长'，是给他一种希望。人没有希望，活着很是苦痛。现社会到处使人绝望，要找希望，恐怕只有到我们这里来。花一两块钱来买一个希望，虽然不一定准确可靠，究竟比没有希望好。在这一点上，我们命相家敢自任为救苦救难的希望之神。至少在现在的中国社会可以这样说。"话愈说愈痛切，神情也愈激昂了。

他的话既诙谐又刺激，我听了只是和他相对苦笑，对这别有怀抱的伤心人，不知再提出什么话题好。彼此都已有八九分醉意了。

（选自《文学》第一卷第一号）

必也正名乎

张爱玲

　　我自己有一个恶俗不堪的名字，明知其俗而不打算换一个，可是我对于人名实在是感到非常有兴趣的。

　　为人取名字是一种轻便的、小规模的创造。旧时代的祖父，冬天两脚搁在脚炉上，吸着水烟，为新添的孙儿取名字，叫他什么他就是什么。叫他光楣，他就得努力光大门楣；叫他祖荫，叫他承祖，他就得常常记起祖父；叫他荷生，他的命里就多了一点六月的池塘的颜色。除了小说里的人，很少有人是名副其实的（往往适得其反，名字代表一种需要、一种缺乏。穷人十有九个叫金贵、阿富、大有）。但是无论如何，名字是与一个人的外貌品性打成一片，造成整个的印象的。因此取名是一种创造。

　　我喜欢替人取名字，虽然我还没有机会实行过。似乎只有做父母的和乡下的塾师有这权利。除了他们，就数买丫头的老爷太太与舞女大班了。可惜这些人每每敷衍塞责，因为有例可援，小孩该叫毛头、二毛头、三毛头，丫头该叫如意，舞女该叫曼娜。

天主教的神父与耶稣教的牧师也给受洗礼的婴儿取名字（想必这是他们的职司中最有趣的一部分），但是他们永远跳不出乔治、玛丽、伊丽莎白的圈子。我曾经收集过二三百个英国女子通用的芳名，恐怕全在这里了，纵有遗漏也不多。习俗相沿，不得不从那有限的民间传说与宗教史中选择名字，以至于到处碰见同名的人，那是多么厌烦的事！有个老笑话：一个人翻遍了《圣经》，想找一个别致些的名字。他得意扬扬告诉牧师，决定用一个从来没人用过的名字——撒旦（魔鬼）。

回想到我们中国人，有整个的《王云五大辞典》供我们搜寻两个适当的字来代表我们自己，有这么丰富的选择范围，而仍旧有人心甘情愿地叫秀珍，叫子静，似乎是不可原恕的了。

适当的名字并不一定新奇，渊雅，大方。好处全在造成一种恰配身份的明晰的意境。我看报喜欢看分类广告与球赛、贷学金、小本贷金的名单，常常在那里找到许多现成的好名字。譬如说"柴凤英""茅以俭"，是否此中有人呼之欲出？茅以俭的酸寒，自不必说，柴凤英不但是一个标准的小家碧玉，仿佛还有一个通俗的故事在她的名字里蠢动着。在不久的将来我希望我能够写篇小说，用柴凤英做主角。

有人说，名字不过符号而已，没有多大意义。在纸面上拥护这一说者颇多，可是他们自己也还是使用着精心构想的笔名。当然这不过是人情之常。谁不愿意出众一点？即使在理想化的未来世界里，公民全都像囚犯一般编上号码，除了号码之外没有其他的名字，每一个数目字还是脱不了它独特的韵味。三和七是俊俏的，二就显得老实。张恨水的《秦淮世家》里，调皮的姑娘叫小春，二春是她的朴讷的姊姊。《夜深沉》里又有忠厚的丁二和，谨愿的田二姑娘。

符号运动虽不能彻底推行，但不失为一种合理化的方向，因为中国人的名字实在是过于复杂。一下地就有乳名。从前人的乳名颇为考究，并不像现在一般用"团团""宝宝"来搪塞。乳名是大多数女人的唯一的名字，因为既不上学，就用不着堂皇的"学名"，而出嫁之后根本就失去了自我的存在，成为"张门李氏"了。关于女人的一切，都带点秘密性质，因此女人的乳名也不肯轻易告诉人。在香奁诗词里我们可以看到，新婚的夫婿当着人唤出妻的小名，被认为是很唐突的，必定要引起她的娇嗔。

男孩的学名，恭楷写在开蒙的书卷上，以后做了官，就叫"官印"，只有君亲师可以呼唤。他另有一个较洒脱的"字"，供朋友们与平辈的亲族使用。他另有一个备而不用的别名。至于别号，那更是漫无限制的了。买到一件得意的古董，就换一个别号，把那古董的名目嵌进去。搬个家，又换个别号。捧一个女戏子，又换一个别号。本来，如果名字是代表一种心境，那名字为什么不能随时随地跟着变幻的心情而转移?

《儿女英雄传》里的安公子有一位"东屋大奶奶",一位"西屋大奶奶"。他替东屋题了个匾叫"瓣香室",西屋是"伴香室"。他自己署名"伴瓣主人"。安老爷看见了,大为不悦,认为有风花雪月、玩物丧志的嫌疑。读到这一段,我们大都愤愤不平,觉得旧家庭的专制,真是无孔不入,儿子取个无伤大雅的别号,父亲也要干涉,何况这别号的命意充其量不过是欣赏自己的老婆,更何况这两个老婆都是父亲给他娶的!然而从另一观点看来,我还是和安老爷表同情的。多取别号毕竟是近于无聊。

我们若从事于基本分析,为什么一个人要有几个名字呢?因为一个人是多方面的。同是一个人,父母心目中的他与办公室西崽所见的他,就截然不同——地位不同,距离不同。有人喜欢在四壁与天花板上镶满镜子,时时刻刻从不同的角度端详他自己,百看不厌。多取名字,也是同样的自我膨胀。

像这一类的自我的膨胀,既于他人无碍,何妨用以自娱?虽然是一种精神上的浪费。我们中国人素来是倾向于美的靡费的。

可是如果我们希望外界对于我们的名字发生兴趣的话,那又是一回事了。也许我们以为一个读者看到我们最新的化名的时候,会说:"哦,公羊浣,他发表他的处女作的时候用的是臧孙蝶妹的名字,在 ×× 杂志投稿的时候他叫冥蒂,又叫白泊,又叫目莲，樱渊也是他，有人说断黛也是他。在××报上他叫东方髦只。编妇女刊物的时候他暂时女性化起来，改名蔺烟婵，又名女娲。"任何大人物，要人家牢记这一切，尚且是希望过奢，何况是个文人？

一个人，做他自己分内的事，得到他分内的一点注意。不上十年八年，他做完他所要做的事了，或者做不动了，也就被忘怀了。社会的记忆力不很强，那也是理所当然，谁也没有权利可抱怨。——大家该记得而不记得的事正多着呢！

我在学校读书的时候，与我同名的人有两个，也并没有人觉得我们的名字滑稽或具有低级趣味。中国先生点名点到我，从来没有读过白字；外国先生读到"伍婉云"之类的名字每觉异常吃力，舌头仿佛卷起来打了个蝴蝶结，念起我的名字却是立即朗朗上口。这是很慈悲的事。

现在我开始感到我应当对我的名字产生不满了。为什么不另挑两个美丽而深沉的字眼，即使本身不能借得它的一点美与深沉，至少投起稿来不至于给读者一个恶劣的最初印象？仿佛有谁说过：文坛登龙术的第一步是取一个炜丽触目的名字。果真是"名不正则言不顺，言不顺则事不成"吗？

中国是文字国。皇帝遇着不顺心的事便改元，希望明年的国运渐趋好转。本来是元武十二年的，改叫大庆元年，以往的不幸的日子就此告一结束。对于字眼儿的过分的信任，是我们的特征。

中国的一切都是太好听、太顺口了。固然，不中听、不中看，不一定就中用，可是世上有用的人往往是俗人。我愿意保留我的俗不可耐的名字，向我自己作为一种警告，设法除去一般知书识字的人咬文嚼字的积习，从柴米油盐、肥皂、水与太阳之中去找寻实际的人生。

话又说回来了。要做俗人，先从一个俗气的名字着手，依旧还是"字眼儿崇拜"。也许我这些全是借口而已。我之所以恋恋于我的名字，还是为了取名字的时候那一点回忆。十岁的时候，因为我母亲主张送我进学校，我父亲一再地大闹不依，到底我母亲像拐卖人口一般，硬把我送去了。在填写入学证的时候，她一时踌躇着不知道填什么名字好。我的小名叫煐，张煐两个字嗡嗡地不甚响亮。她支着头想了一会，说："暂且把英文名字胡乱译两个字吧。"她一直打算替我改而没有改，到现在，我却不愿意改了。

（选自《流言》，中国科学公司，1944年版）

"作揖主义"

刘半农

　　沈二先生与我们谈天，常说生平服膺红、老之学。红，就是《红楼梦》；老，就是《老子》。这红、老之学的主旨，简便些说，就是无论什么事，都听其自然。听其自然又是怎么样呢？沈先生说："譬如有人骂我，我们不必还骂：他一面在那里大声疾呼地骂人，一面就是他打他自己。我们在旁边看看，也很好，何必费着气力去还骂？又如有一只狗，要咬我们，我们不必打它，只是避开了就算，将来有两只狗碰了头，自然会互咬起来。所以我们做事，只须抬起了头，向前直进，不必在这抬头直进四个字以外，再管什么闲事。这就叫作听其自然，也就是红老之学的精神。"我想这一番话，同托尔司太的不抵抗主义很有些相像，不过沈先生换了个红、老之学的游戏名词罢了。

　　不抵抗主义我向来很赞成，不过因为有些偏于消极，不敢实行。现在一想，这个见解实在是大谬。为什么？因为不抵抗主义面子上是消极，骨底里是最经济的积极。我们要办事有成效，假使不实行这主义，就不免消费精神于无用之地。我们要保存精神，在正当的地方用，就不得不在不必需的地方节省些。这就是以消极为积极：不有消极，就没有积极。既如此，我也要用些游戏笔墨，造出一个"作揖主义"的新名词来。

"作揖主义"是什么呢？请听我说——

譬如早晨起来，来的第一客，是位前清遗老。他拖了辫子，弯腰曲背走进来，见了我，把眼镜一摘，拱拱手说："你看！现在是世界不像世界了：乱臣贼子，遍于国中，欲求天下太平，非请宣统爷正位不可。"我急忙向他作了个揖，说："老先生说的话，很对很对。领教了，再会吧。"

第二客，是个孔教会会长。他穿了白洋布做的"深衣"，古颜道貌地走进来，向我说："孔子之道，如日月经天，江河行地。现在我们中国，正是四维不张、国将灭亡的时候，倘不提倡孔教、昌明孔道，就不免为印度、波兰之续。"我急忙向他作了个揖，说："老先生说的话，很对很对，领教了，再会吧。"

第三客，是位京官老爷。他衣裳楚楚，一摆一踱地走进来，向我说："人的根，就是丹田。要讲卫生，就要讲丹田的卫生。要讲丹田的卫生，就要讲静坐。你要晓得，这种内功，常做可以成仙的呢！"我急忙向他作了个揖，说："老先生说的话，很对很对。领教了，再会吧。"

第四、五客，是一位北京的评剧家和一位上海的评剧家，手携着手同来的。没有见面，便听见一阵"梅郎""老谭"的声音。见了面，北京的评剧家说："打把子有古代战术的遗意，脸谱是画在脸孔上的图案，所以旧戏是中国文学、美术的结晶体。"上海的评剧家说："这话说得不错呀！我们中国人，何必要看外国戏。中国戏自有好处，何必去学什么外国戏？你看这篇文章，就是这一位方家所赏识的。外国戏里，也有这样的好处吗？"他说到"方家"二字，翘了一个大拇指，指着北京的评剧家，随手拿出一张《公言报》递给我看。我一看那篇文章，题目是《佳哉剧也》四个字，我急忙向两人各各作了一个辑，说："两位老先生说的话，很对很对。领教了，再会吧。"

第六客是个玄之又玄的鬼学家。他未进门，便觉阴风惨惨，阴气逼人，见了面，他说："鬼之存在，至今日已无丝毫疑义。为什么呢？因为人所居者为'显界'，鬼所居者，尚别有一界，名'幽界'。我们从理论上去证明它，是鬼之存在，已无疑义。从实质上去证明它，是搜集种种事实，助以精密之器械，继以正确之试验，可知除显界外，尚有一幽界。"我急忙向他作了个揖，说："老先生说的话，很对很对，领教了，再会吧。"

末了一位客，是王敬轩先生。他说的话最多，洋洋洒洒，一连谈了一点多钟。把"中学为体，西学为用"八个字，发挥得详尽无遗，异常透切。我屏息静气听完了，也是照例向他作了个揖，说："老先生的话，很对很对。领教了，再会吧。"

如此东也一个揖，西也一个揖，把这一班老伯、大叔、仁兄、大人之类送完了，我仍旧做我的我：要办事，还是办我的事；要有主张，还仍旧是我的主张。这不过忙了两只手，比用尽了心思脑力唇焦舌敝地同他们辩驳，不省事得许多吗？

何以我要如此呢？

因为我想到前清末年的官与革命党两方面，官要尊王，革命党要排满：官说革命党是"匪"，革命党说官是"奴"。这样牛头不对马嘴，若是双方辩论起来，便到地老天荒，恐怕大家还都是个"缠夹二先生"，断断不能有什么谁是谁非的分晓。所以为官计，不如少说闲话，切切实实想些方法去捉革命党。为革命党计，也不如少说闲话，切切实实想些方法去革命。这不是一刀两断，最经济最爽快的办法吗？

我们对于我们的主张，在实行一方面，尚未能有相当的成效，自己想想，颇觉惭愧。不料一般社会的神经过敏，竟把我们看得像洪水猛兽一般。既是如此，我们感激之余，何妨自贬身价，处于"匪"的地位，却把一般社会的身价抬高——这是一般社会心目中之所谓高——请他处于"官"的地位？自此以后，你做你的官，我做我的匪。要是做官的做了文章，说什么"有一班乱骂派读书人，其狂妄乃出人意表。所垂训于后学者，曰不虚心，曰乱说，曰轻薄，曰破坏。凡此恶德，有一于此，即足为研究学问之障，而况兼备之耶？"我们看了，非但不还骂，不与他辩，而且还要像我们江阴人所说的"乡下人看告示"，奉送他"一篇大道理"五个字。为什么？因为他们本来是官，这些话，本来是"出示晓谕"以下、"右仰通知"以上应有的文章。

到将来，不幸而竟有一天，做官的诸位老爷们额手相庆曰："谢天谢地，现在是好了，洪水猛兽，已一律肃清，再没有什么后生小子，要用夷变夏，污蔑我神州四千年古国的文明了。"那时候，我们自然无话可说，只得像北京刮大风时坐在胶皮车上一样，一壁叹气，一壁把无限的痛苦尽量咽到肚子里去，或者竟带这种痛苦，埋入黄土，做蝼蚁们的食料。

万一的万一，竟有一天变作了我们的"一千九百十一年十月十日"了，那么，我一定是个最灵验的预言家，我说那时的官老爷，断断不再说今天的官话，却要说："我是几十年前就提倡新文明的，从前陈独秀、胡适之、陶孟和、周启明、唐元期、钱玄同、刘半农诸先生办《新青年》时，自以为得风气之先，其时我的新思想，还远比他们发生得早咧。"到了那个时候，我又怎么样呢？我想，一千九百十一年以后，自称老同盟的很多，真正的老同盟也没有方法拒绝这班新牌老同盟。所以我到那时，还是实行"作揖主义"，他们来一个，我就作一个揖，说："欢迎！欢迎！欢迎新文明的先知先觉！"

（七年九月，北京）

114

半农发明这个"作揖主义"，玄同绝对地赞成，以后见了他们诸公，也要实行这个主义。因为照此办法，在我们一方面，可以把宝贵的气力和时间不浪费于无益的争辩，专门来提倡除旧布新的主义；在他们诸公一方面，少听几句逆耳之言，庶几宁神静虑，克享遐龄，可以受褒扬条例第九款的优待：这实在是两利的办法。至于到了"万一的万一"那一天，他们诸公自称为新文明的先觉，是一定的；我们开会欢迎新文明的先觉，是对于老前辈应尽的敬礼，那更是应该的。

玄同附记

（选自《刘半农文选》，人民文学出版社，1986年版）

给一位文学青年的公开状

郁达夫

今天的风沙实在太大了，中午吃饭之后，我因为还要去教书，所以没有许多工夫和你谈天。我坐在车上，一路向北走去，沙石飞进了我的眼睛。一直到午后四点钟止，我的眼睛四周的红圈，还没有褪尽。恐怕同学们见了要笑我，所以于上课堂之先，我从高窗口在日光大风里把一双眼睛曝晒了许多时。我今天上你那公寓里来看了你那一副样子，觉得什么话也说不出来。现在我想趁着这大家已经睡寂了的几点钟工夫，把我要说的话，写一点在纸上。

平素不认识的可怜的朋友，或是写信来，或是亲自上我这里来的，很多很多。我因为想报答两位也是我素不认识而对于我却有十二分的同情过的朋友的厚恩起见，总尽我的力量帮助他们。可是我的力量太薄弱了，可怜的朋友太多了，所以结果近来弄得我自家连一条棉裤也没有。这几天来天气变得很冷，我老想买一件外套，但最终没有买成。尤其使我羞恼的，是因为恰逢此刻，我和同学们所读的书里，正有一篇俄国郭哥儿著的嘲弄像我们一类人的小说《外套》。现在我的经济状态，比从前并没有宽裕，从数目上讲起来，反而比从前要少——因为现在我不能向家里去要钱花，每月的教书钱，额面上虽则有五十三加六十四合一百十七块，但实际上拿得到的只有三十三四块——而我的嗜好日深，每月光是烟酒的账，也要开销二十多块。我曾经立过几次对天的深誓，想把这一笔靡费节省下来，但愈是没有钱的时候，愈想喝酒吸烟。向你讲这一番苦话，并不是因为怕你要来问我借钱，而事先预防，我不过欲以我的身体来做一个证据，证明目下的中国社会的不合理，以大学校毕业的资格来糊口的你那种见解的错误罢了。

引诱你到北京来的，是一个国立大学毕业的头衔，你告诉我说你的心里，总想在国立大学弄到毕业，毕业以后至少生计问题总可以解决。现在学校都已考完，你一个国立大学也进不去，接济你资金的人，又因他自家的地位动摇，无钱寄你，你去投奔你同县而且带有亲属的大慈善家 H，H 又不纳，穷极无路，只好写封信给一个和你素不相识而你也明明知道是和你一样穷的我，在这时候这样的状态之下，你还要口口声声地说什么大学教育，"念书"，我真佩服你的坚忍不拔的雄心。不过佩服虽可佩服，但是你的思想的简单愚直，也却是一样的可惊可异。现在你已经是变成了中性——半去势的文人了，有许多事情，譬如说高尚一点的，去当土匪，卑微一点的，去拉洋车等事情，你已经是干不了的了，难道你还嫌不足，还要想穿几年长袍，做几篇白话诗、短篇小说，达到你的全去势的目的吗？大学毕业以后就可以有饭吃，你这一种定理，是哪一本书上翻来的？

像你这样一个白脸长身、一无依靠的文学青年，即使将面包和泪吃，勤勤恳恳地在大学窗下住它五六年，难道你拿毕业文凭的那一天，天上就忽而会下起珍珠白米的雨来的吗？

现在不要说中国全国，就是在北京的一区里头，你且去站在十字街头，看见穿长袍黑马褂或哔叽旧洋服的人，你且试对他们行两个礼，问他们一个人要一个名片来看看，我恐怕你不上半天，就可以积起一大堆的什么学士、什么博士来，你若再行一个礼，问一问他们的职业，我恐怕他们都要红红脸说："兄弟是在这里找事情的。"他们是什么？他们都是大学毕业生吓，你能和他一样的有钱读书吗？你能和他们一样的有钱买长袍黑马褂、哔叽洋服吗？即使你也和他们一样的有了读书买衣服的钱，你能保得住你毕业的时候，事情会来找你吗？

大学毕业生坐汽车、吸大烟、一攫千金的人原是有的。然而他们都是为新上台的大老经手减价卖职的人，都是有大刀枪杆在后面援助的人，都是有几个什么长在他们父兄身上的人，再粗一点说，他们至少也真是爬乌龟、钻狗洞的人，你要有他们那样的后援，或他们那样的乌龟本领、狗本领，那么你就是大学不毕业，何尝不可以吃饭？

我说了这半天，不过想把你的求学读书、大学毕业的迷梦打破而已。现在为你计，最上的上策，是去找一点事情干干。然而土匪你是当不了的，洋车你也拉不了的，报馆的校对、图书馆的拿书者、家庭教师、男看护、门房、旅馆火车菜馆的伙计，因为没有人可以介绍，你也是当不了的——我当然是没有能力替你介绍——所以最上的上策，于你是不成功的了。其次你就去革命去吧，去制造炸弹去吧！但是革命是不是同割枯草一样，用了你那裁纸的小刀，就可以革得成的呢？炸弹是不是可以用了你头发上的灰垢和半年不换的袜底里的污泥来调和的呢？这些事情，你去问上帝去吧！我也不知道。

比较可以做到，并且也不失为中策的，我看还是弄几个旅费，回到湖南你的故土，去找出四五年你不曾见过的老母和你的小妹妹来。第一天相持对哭一天。第二天因为哭了伤心，可以在床上你的草窠里睡去一天，既可以休养，又可以省几粒米下来熬稀粥。第三天以后，你和你的母亲、妹妹，若没有衣服穿，不妨三人紧紧地挤在一处，以体热互助的结果，同冬天雪夜的群羊一样，倒可以使你的老母不至冻伤；若没有米吃，你在日中天暖一点的时候，不妨把年老的母亲交付给你妹妹的身体烘着，你自己可以上村前村后去掘一点草根、树根来煮汤吃。草根、树根里也有淀粉，我的祖母未死的时候，常把洪杨乱日她老人家尝过的这滋味说给我听，我所以知道。现在我既没有余钱可以赠你，就把这秘方相传，做个我们两位穷汉，在京华尘土里相遇的纪念吧！若说草根、树根，也被你们的督军、省长、师长、议员知事掘完，你无论走往何处再也找不出一块一截来的时候，那么你且咽着自家的口水，同唱戏似的把北京的豪富人家的蔬菜，有色有香地说给你的老母亲、小妹妹听听，至少在未死前的一刻半刻钟中间，你们三个昏乱的脑子里，总可以大事铺张地享乐一回。

但是我听你说，你的故乡连年兵燹，房屋田产都已毁尽，老母弱妹，也不知是生是死，五年来音信不通，并且现在回湖南的火车不开，就是有路费也回去不得，何况没有路费呢！

上策不行，次之中策也不行，现在我为你实在是没有什么法子好想了。不得已我就把两个下策来对你讲吧！

第一，现在听说天桥又在招兵，并且听说取得极宽，上自五十岁的老人起，下至十六七岁的少年止，一律都收，你若应募之后，马上开赴前敌，被打死在租界以外的中国地界，虽然不能说为国效忠，也可以算得是为招你的那个同胞效了命，岂不是比饿死冻死在你那公寓的斗室里好得多吗？况且万一不开往前敌，或虽开往前敌而不被打死的时候，只教你能保持你现在的这种纯洁的精神，只教你能有如现在想进大学读书一样的精神来宣传你的理想，难保你所属的一师一旅，不为你所感化。这是下策的第一个。

第二，这才是真真的下策了！你现在不是只愁没有地方住、没有地方吃饭而又苦于没有勇气自杀吗？你没有能力做土匪，没有能力拉洋车，是我今天早晨在你公寓里第一眼看见你的时候，就已经晓得的。但是有一件事情，我想你还能胜任的，要干的时候一定是干得到的。这是什么事情呢？啊啊，我真不愿意说出来——我并不是怕人家对我提出诉讼，说我在唆使你做贼，啊呀，不愿意说倒说出来了，做贼，做贼，不错，我所说的这件事情，就是叫你去偷窃呀！

无论什么人的什么东西，只教你偷得着，尽管偷吧！偷到了，不被发觉，那么就可以把这你偷自他、他抢自第三人的，在现在的社会里称为赃物，在将来进步了的社会里，当然是要分归你有的东西，拿到当铺——我虽然不能为你介绍职业，但是像这样的当铺，却可以为你介绍几家——里去换钱用。万一发觉了呢？也没有什么。第一，你坐坐监牢，房钱总可以不付了。第二，监狱里的饭，虽然没有今天中午我请你的那家馆子里的那么好，但是饭钱可以不付的。第三，或者什么什么司令，以军法从事，把你枭首示众的时候，那么你的无勇气的自杀，总算是他来代你执行了，也是你的一件快心的事情，因为这样地活在世上，实在是没有什么意思。

我写到这里，觉得没有话再可以和你说了，最后我且来告诉你一种实习的方法吧！

你若要实行上举的第二下策，最好是从亲近的熟人方面做起。譬如你那位同乡的亲戚老 H 家里，你可以先去试一试看。

因为他的那些堆积在那里的财富，不过是方法、手段不同罢了，实际上也是和你一样的偷来抢来的。你若再慑于他的慈和的笑里的尖刀，不敢去向他先试，那么不妨上我这里来做个破题试试。我晚上卧房的门常是不关，进出很方便。不过有一个缺点，就是我这里没有什么值钱的物什。但是我有几本旧书，却很可以卖几个钱。你若来时，最好是预先通知我一下，我好多服一剂催眠药，早些睡下，因为近来身体不好，晚上老要失眠，怕与你的行动不便，还有一句话——你若来时，心肠应该要练得硬一点，不要因为我的书，致使你没有偷成，就放声大哭起来——

一九二四年十一月十三日午前二时

（选自《寒灰集》，上海创造社出版部，1927年版）

与友人论性道德书

周作人

雨村兄：

　　长久没有通信，实在是因为太托熟了，况且彼此都是好事之徒，一个月里总有几篇文章在报纸上发表，看了也抵得过谈天，所以觉得别无写在八行书上之必要。但是也有几句话，关于《妇人杂志》的，早想对你说说，这大约是因为懒，拖延至今未曾下笔，今天又想到了，便写这一封信寄给你。

　　我如要称赞你，说你的《妇人杂志》办得好，即使是真话也总有后台喝彩的嫌疑，那是我所不愿意说的，现在却是有点别的近于不满的意见，似乎不妨一说。你的恋爱至上的主张，我仿佛能够理解而且赞同，但是觉得你的《妇人杂志》办得不好——因为这种杂志不是登载那样思想的东西。《妇人杂志》我知道是营业性质的，营业与思想——而且又是恋爱，差得多么远！我们要谈思想，三五个人自费赔本地来发表是可以的，然而在营业性质的刊物上，何况又是 *The Lady's Journal*……那是期期以为不可。我们要知道，营业与真理、职务与主张，都是断乎不可混同，你却是太老实地"借别人的酒杯浇自己的块垒"，虽不愧为忠实的妇女问题研究者，却不能算是一个好编辑员了。所以我现在想忠告你一声，请你留下那些"过激"的"不道德"的两性伦理主张预备登在自己的刊物上，另外重新依据营业精神去办公家的杂志，千万不要再谈为 Ladies and gentlemen 所不喜的恋爱。我想最好是多登什么做鸡蛋糕、布丁、杏仁茶之类的方法以及刺绣、裁缝、梳头、束胸捷诀，或者调查一点缠脚法以备日后需要时登载尤佳。"白话丛书"里的《女诫注释》此刻还可采取转录，将来读经潮流自北而南的时候自然应该改登《女儿经》了。这个时代之来一定不会很迟，未雨绸缪现在正是时候，不可错过。这种杂志青年男女爱读与否虽未敢预言，但一定很中那些有权威的老爷们的意，待多买几本留着给孙女们读，销路不愁不广。即使不说销路，跟着圣贤和大众走总是不会有过失的，纵或不能说有功于世道人心而得到褒扬。总之我希望你划清界限，把气力卖给别人，把心思自己留起，这是酬世锦囊里的一条妙计，如能应用，消灾纳福，效验有如《般若波罗蜜多心经》。

　　然而我也不能赞成你太热心地发挥你的主张，即使是在自办的刊物上面。我实在可叹，是一个很缺少"热狂"的人，我的言论多少都有点游戏态度。我也喜欢弄一点过激的思想，拨草寻蛇地去向道学家寻事，但是如法国拉勃来（Rabelais）那样只是到"要被火烤了为止"，未必有殉道的决心。好像是小孩踢球，觉得是颇愉快的事，但本不期望踢出什么东西来，踢到倦了也就停止，并不预备一直踢到把腿都踢折——踢折之后岂不还只是一个球吗？我们发表些关于两性伦理的意见也只是自己要说，难道就希冀能够于最近的或最远的将来发生什么效力？耶稣、孔丘、释迦、梭格拉底的话，究竟于世间有多大影响，我不能确说，其结果恐不过自己这样说了觉得满足，后人读了觉得满足，或不满足，如是而已。我并非绝对不信进步之说，但不相信能够急速而且完全地进步。我觉得世界无论变到哪个样子，争斗、杀伤、私通、离婚这些事总是不会绝迹的。我们的高远的理想境界到底只是我们心中独自娱乐的影片，为了这种理想，我也愿出力，但是现在还不想拼命。我未尝不想志士似的高唱牺牲，劝你奋斗到底，但老实说我惭愧不是志士，不好以自己所不能的转劝别人，所以我所能够劝你的只是不要太热心，以致被道学家们所烤。最好是望见白炉子留心点，暂时不要走近前去，当然也不可就改入"白炉子党"——白炉子的烟稍淡的时候仍旧继续做自己的工作，千万不要一下子就被"烤"得如翠鸟牌香烟。我也知道如有人肯拼出他的头皮，直向白炉子的口里钻，或者也可以把它掀翻，不过，我重复地说，自己还拼不出，不好意思坐在交椅里乱嚷，这一层要请你原谅。

上礼拜六晚写到这里，夜中我们的小女儿忽患急病，整整地忙了三日，现在虽然医生声明危险已过，但还需要十分慎重的看护，所以我也还没有执笔的工夫，不过这封信总得寄出了，不能不结束一句。总之，我劝你少发在中国是尚早的性道德论，理由就是如上边所说，至于青年黄年之误会或利用那都是不成问题的。这一层我不暇说了，只把陈仲甫先生一九二一年所说的话（《新青年》随感录一一七）抄一部分在后面：

青年底误会

"教学者如扶醉人，扶得东来西又倒。"现代青年底误解，也和醉人一般。……你说婚姻要自由，他就专门把写情书、寻异性朋友做日常重要的功课。……你说要脱离家庭压制，他就抛弃年老无依的母亲。你说要提倡社会主义、共产主义，他就悍然以为大家朋友应该养活他。你说青年要有自尊底精神，他就目空一切，妄自尊大，不受善言了。……

你看，这有什么办法，除了不理它之外？不然你就是只讲做鸡蛋糕，恐怕他们也会误解了，吃鸡蛋糕吃成胃病呢！匆匆不能多写了，改日再谈。

十四年四月十七日，署名。

（选自《雨天的书》，岳麓书社，1987年版）

中年

周作人

虽然四川开县有二百五十岁的胡老人，普通还只是说人生百年。其实这也还是最大的整数，若是人民平均有四五十岁的寿，那已经可以登入祥瑞志，说什么寿星现了。我们乡间称三十六岁为本寿，这时候死了，虽不能说寿考，也不是夭折。这种说法我觉得颇有意思。日本兼好法师曾说，"即使长命，在四十以内死了最为得体"，虽然未免性急一点，却也有几分道理。

孔子曰："四十而不惑。"吾友某君则云，人到了四十岁便可以枪毙。两样相反的话，实在原是盾的两面。合而言之，若曰，四十可以不惑，但也可以不不惑，那么，那时就是枪毙了也不足惜云尔。平常中年以后的人大抵糊涂荒谬的多，正如兼好法师所说，过了这个年纪，便将忘记自己的老丑。想在人群中胡混，执着人生，私欲益深，人情物理都不复了解，"至可叹息"

是也。不过因为怕献老丑，便想得体地死掉，那似乎也可以不必。为什么呢？假如能够知道这些事情，就很有不惑的希望，让他多活几年也不碍事。所以在原则上我虽赞成兼好法师的话，但觉得实际上还可稍加斟酌，这倒未必全是为自己道地，想大家都可见谅的吧。

我决不敢相信自己是不惑，虽然岁月是过了不惑之年好久了，但是我总想努力不至于不不惑，不要人情物理都不了解。本来人生是一贯的，其中却分几个段落，如童年、少年、中年、老年，各有意义，都不容空过。譬如少年时代是浪漫的，中年是理智的时代，到了老年差不多可以说是待死堂的生活吧。然而中国凡事都是颠倒错乱的，往往少年老成，摆出道学家超人志士的模样，中年以来重新来秋冬行春令，大讲其恋爱等等，这样地跟着青年跑，或者可以免于落伍之讥，实在犹如将昼作夜，"拽直照原"：只落得不见日光而见月光，未始没有好些危险。我想最好还是顺其自然，六十过后虽不必急做寿衣，唯一只脚确已踏在坟里，亦无庸再去讲斯坦那赫博士结扎生殖腺了，至于恋爱则在中年以前应该毕业，以后便可应用经验与理性去观察人情与物理，即使在市街战斗或示威运动的队伍里少了一个人，实在也有益无损，因为后起的青年自然会去补充（这是说假如少年不是都老成化了，不在那里做各种八股），而别一队伍里也就多了一个人，有如退伍兵去研究动物学，反正于参谋本部的作战计划并无什么妨害的。

话虽如此，在这个当儿要使它不发生乱调，实在是不大容易的事。世间称四十左右曰危险时期，对于名利，特别是色，时常露出好些丑态，这是人类的弱点，原也有可以容忍的地方。但是可容忍与可佩服是绝不相同的事情，尤其是无惭愧地、得意似的那样做，还仿佛是我们的模范似的那样做，那么容忍也还是我们从数十年的世故中来的最大的应许，若鼓吹、护持似乎可以无须了吧。我们少年时浪漫地崇拜许多英雄，到了中年再一回顾，那些旧日的英雄，无论是道学家或超人志士，此时也都是老年、中年了，差不多尽数地不是显出泥脸便即露出羊脚，给我们一个不客气的幻灭。这有什么办法呢？自然太太的计划谁也难违拗它。风水与流年也好，遗传与环境也好，总之是说明这个的可怕。这样说来，得体地活着这件事或者比得体地死要难得多，假如我们过了四十却还能平凡地生活，虽不见得怎么得体，也不至于怎样出丑，这实在要算是侥天之幸，不能不知所感谢了。

　　人是动物，这一句老实话，自人类产生以至地球毁灭，永久是实实在在的，但在我们人类则须经过相当年龄才能明白承认。所谓动物，可以含有科学家一视同仁的"生物"与儒教徒骂人的"禽兽"这两种意思，所以对于这一句话人们也可以有两样态度。其一，以为既同禽兽，便异圣贤，因感不满，以至悲观。其二，呼铲曰铲，本无不当，听之可也。我可以说就是这样地想，但是附加一点，有时要去综核名实言行，加以批评。

本来棘皮动物不会肤如凝脂，怒毛上指栋的猫不打着呼噜，原是一定的理，毋庸怎么考核，无如人这动物是会说话的，可以自称什么家或主唱某主义等，这都是别的众生所没有的。我们如有闲一点儿，免不得要注意及此。譬如普通男女私情我们可以不管，但如见一个社会栋梁高谈女权或社会改革，却照例纳妾，等等，那有如无产首领浸在高贵的温泉里命令大众冲锋，未免可笑，觉得这动物有点变质了。我想文明社会上道德的管束应该很宽，但应该要求诚实，言行不一致是一种大欺诈，大家应该留心不要上当。我想，我们与其伪善还不如真恶，真恶还是要负责任、冒危险。

我这些意思恐怕都很有老朽的气味，这也是没有法的事情。年纪一年年地增多，有如走路一站站地过去，所见既多，对于从前的意见自然多少要加以修改。这是得呢失呢？我不能说。不过，走着路专为贪看人物风景，不复去访求奇遇，所以或者看得比较地平静仔细一点也未可知。然而这又怎么能够自信呢？

十九年三月

（选自《看云集》，开明书店，1932年初版）

三礼赞

周作人

· 一　娼女礼赞

这个题目，无论如何总想不好，原拟用古典文字写作 *Apologia pro Pornes*，或以国际语写之，则为 *Apologia por Prostituistino*，但都觉得不很妥当，总得用汉文才好，因此只能采用这四个字，虽然礼赞应当是 *Enkomion* 而不是 *Apologia*，但也没有法子了。民国十八年四月吉日，于北平。

贯华堂古本《水浒传》第五十回叙述白秀英在郓城县勾栏里说唱笑乐院本，参拜了四方，拍下一声界方，念出四句定场诗来：

新鸟啾啾旧鸟归，

老羊羸瘦小羊肥。

人生衣食真难事，

不及鸳鸯处处飞。

雷横听了喝声彩，金圣叹批注很称赞道好，其实我们看了也的确觉得不坏。或有句云，世界无如吃饭难，此事从来远矣。试观天下之人，固有吃饱得不能再做事者，而多做事却仍缺饭吃的朋友，盖亦比比然也。尝读民国十年十月廿一日《觉悟》上所引德国人柯祖基（Kautzky）的话：

"资本家不但利用她们（女工）的无经验，给她们少得不够自己开销的工钱，而且对她们暗示，或者甚至明说，只有卖淫是补充收入的一个法子。在资本制度之下，卖淫成了社会的台柱子。"我想，资本家的意思是不错的。在资本制度之下，多给工资以致减少剩余价值，那是断乎不可，而她们之需要开销亦是实情。那么还有什么办法呢，除了设法补充？圣人有言，饮食男女，人之大欲存焉。世之人往往厄于贫贱，不能两全，自手至口，仅得活命，若有人为"煮粥"，则吃粥亦即有两张嘴，此穷汉之所以兴叹也。若夫卖淫，乃寓饮食于男女之中，犹有鱼而复得兼熊掌，岂非天地间仅有的良法美意，吾人欲不喝彩叫好又安可得耶？

美国现代批评家里有一个姓们肯（Mencken）的人，他也以为卖淫是很好玩的。《妇人辩护论》第四十三节是讲花姑娘的，他说卖淫是这些女人所可做的最有意思的职业之一，普通娼妇大抵喜欢她的工作，决不肯去和女店员或女堂官调换位置。先生女士们觉得她是堕落了，其实这种生活要比工场好，来访的客也多比她的本身阶级为高。我们读西班牙伊巴涅支（Ibanez）的小说《侈华》，觉得这不是乱说的话。们肯又道：

"牺牲了贞操的女人，别的都是一样，比保持贞洁的女人却更有好的机会，可以得到确实的结婚。这在经济的下等阶级的妇女中特别是如此。她们一同高等阶级的男子接近——这在平时是不容易，有时几乎是不可能的——便能以女性的稀奇的能力逐渐收容那些阶级的风致、趣味与意见。外宅的女子这样养成姿媚，有些最初是姿色之恶俗的交易，末了成了正式的结婚。这样的结婚数目在实际比表面上所发现者要多几倍，因为两造都常努力想隐藏他们的事实。"那么，这岂不是"终南捷径"，犹之绿林、会党出身者就可以晋升将官，比陆军大学生更是阔气百倍乎？

哈耳波伦（Heilborn）是德国的医学博士，著有一部《异性论》，第三篇是论女子的社会的位置之发达。在许多许多年的黑暗之后，到了希腊的雅典时代，才发现了一点光明，这乃是希腊名妓的兴起。这种女子在希腊被称作赫泰拉（Hetaira），意思是女友，大约是中国的鱼玄机、薛涛一流的人物，有几个后来成了执政者的夫人。"因了她们的精练优雅的举止、她们的

133

颜色与姿媚，她们不但超越普通的那些外宅，而且还压倒希腊的主妇，因为主妇们缺少那优美的仪态、高等教育与对艺术的理解，而女友则有此优长，所以在短时期中她们在公私生活中占有极大的势力。"哈耳波伦总结道：

"这样，欧洲妇女之精神与艺术的教育因卖淫制度而始建立。赫泰拉的地位可以算是所谓妇女运动的起始。"这样说来，柯祖基的资本家真配得高兴，他们所提示的卖淫原来在文化史上有这样的意义。虽然这上边所说的光荣的营业乃是属于"非必要"的，独立的游女部类，与那徒弟制、包工制的有点不同。们肯的话注解得好，"凡非必要的东西在世上常得尊重，有如宗教、时式服装，以及拉丁文法"，故非为糊口而是营业的卖淫自当有其尊严也。

总而言之，卖淫足以满足大欲、获得良缘、启发文化，实在是不可厚非的事业，若从别一方面看，她们似乎是给资本主义背了十字架，也可以说是为道受难，法国小说家路易菲立（Louis Philippe）称她们为可怜的小圣女，虔敬得也有道理。老实说，资本主义是神人共祐、万打不倒的，而有些诗人空想家又以为非打倒资本主义则妇女问题不能根本解决。夫资本主义既有万年有道之长，所有的办法自然只有讴歌过去、拥护现在，然则卖淫之可得而礼赞也盖彰彰然矣。无论雷横的老母怎样骂"千人骑、万人压、乱人人的贼母狗"，但在这个世界上，白玉乔所说的"歌舞吹弹，普天下伏侍看官"总不失为最有效力、最有价值的生活法。我想到书上有一句话道："夫人，内掌柜，姨太太，校书等长短期的性的买卖，真是滔滔者天下皆是。"恐怕女同志们虽不赞成我的提示，也难提出抗议。我又记起友人传述劝卖男色的古歌，词虽粗鄙，亦有至理存焉，在现今什么都是买卖的世界，我们对于卖什么东西的能加以非难乎？日本歌人石川啄木不云乎：

"我所感到不便的，不仅是将一首歌写作一行这一件事情。但是我在现今能够如意地改革，可以如意地改革的，不过是这桌上的摆钟、砚台、墨水瓶的位置，以及歌的行款之类罢了。说起来，原是无可无不可的那些事情罢了。此外真是使我感到不便、感到苦痛的种种的东西，我岂不是连一个指头都不能触它们一下吗？不但如此，除却对它们忍从屈服，继续地过那悲惨的二重生活以外，岂不是更没有别的生于此世的方法吗？我自己也用了种种的话对自己试为辩解，但是我的生活总是现在的家族制度、阶级制度、资本制度、知识买卖制度的牺牲。"（见《陀螺》二二〇页。）

·　二　哑巴礼赞

俗语云，"哑巴吃黄连"，谓有苦说不出也。但又云，"黄连树下弹琴"，则苦中作乐，亦是常有的事。哑巴虽苦于说不出话，盖亦自有其乐，或者且在吾辈有嘴巴人之上，未可知也。

普通把哑巴当作残废之一，与一足或无目等视，这是很不公平的事。哑巴的嘴既没有残，也没有废，他只是不说话罢了。《说文》云："喑，不能言病也。"就是照许君所说，不能言是一种病，但这并不是一种要紧的病，于嘴的大体用处没有多大损伤。查嘴的用处大约是这几种：（一）吃饭、（二）接吻、（三）说话。哑巴的嘴原是好好的，既不是缺少舌尖，也并不是上下唇连成一片，那么他如要吃喝，无论番菜或是华餐，都可以尽量受用，决没有半点不便，所以哑巴于个人的荣卫上毫无障碍，这是可以断言的。至于接吻呢？既如上述可以自由饮啖的嘴，在这件工作上当然也无问题，因为如荷兰威耳德（Van de Velde）医生在《圆满的结婚》第八章所说，接吻的种种大都以香、味、触三者为限，于声别无关系，可见哑巴不说话之绝不妨事了。归根结底，哑巴的所谓病还只是在"不能言"这一点上。据我看来，这实在也不关紧要。人类能言本来是多此一举，试看两间林林总总，一切有情，莫不自遂其生，各尽其性，何曾说一句话。古人云："鹦鹉能言，不离飞鸟；猩猩能言，不离禽兽。"可怜这些畜生，辛辛苦苦，学了几句人家的口头语，结果还是本来的鸟兽，多被圣人奚落一番，真是何苦来。从前四只眼睛的仓颉先生无中生有地造文字，害得好心的鬼哭了一夜，我怕最初类人猿里那一匹直着喉咙学说话的时候，说不定还着实引起了原始天尊的长叹呢。人生营营所为何事，"饮食男女，人之大欲存焉"，既于大欲无亏，别的事岂不是就可以随便了吗？中国的处世哲学里很重要的一条是，多一事不如少一事，如哑巴者，可以说是能够少一事的了。

语云："病从口入，祸从口出。"说话不但于人无益，反而有害，即此可见。一说话，话中即含有臧否，即是危险，这个年头儿。人不能老说"我爱你"等甜美的话——况且仔细检查，我爱你即含有我不爱他或不许他爱你等意思，也可以成为祸根，哲人见客寒暄，但云"今天天气……哈哈哈！"，不再加说明，良有以也，盖天气虽无知，唯说其好坏终不甚妥，故以一笑了之。往读杨恽《报孙会宗书》，但记其"种一顷豆，落而为萁"等语，心窃好之，却不知杨公竟因此而腰斩，犹如湖南十五六岁的女学生们以读《落叶》（系郭沫若的、非徐志摩的《落叶》）而被枪决，同样的不可思议。然而这个世界就是这样不可思议的世界，其奈之何哉？几千年来受过这种经验的先民留下遗训曰，"明哲保身"。几十年来看惯这种情形的茶馆贴上标语曰，"莫谈国事"。吾家金人三缄其口，二千五百年来为世楷模，声闻弗替。若哑巴者岂非今之金人欤？

常人以能言为能，但亦有因装哑巴而得名者，并且上下古今这样的人并不很多，即此可知哑巴之难能可贵了。第一个就是那鼎鼎大名的息夫人。她以倾国倾城的容貌，做了两任王后，她替楚王生了两个儿子，可是没有对楚王说一句话。喜欢和死了的古代美人吊膀子的中国文人于是大做特做其诗，有的说她好，有的说她坏，各自发挥他们的臭美，然而息夫人的名声也就因此大起来了。老实说，这实是妇女生活的一场悲剧，不但是一时一地一人的事情，差不多就可以说是妇女全体的运命的象征。易卜生所作《玩物之家》一剧中女主人公娜拉说，她想不到自己竟替漠不相识的男子生了两个子女。这正是息夫人的运命，其实也何尝不就是资本主义下的一切妇女的运命呢？还有一位不说话的，是汉末隐士姓焦名先的便是。吾乡金古良作《无双谱》，把这位隐士收在里面，还有一首赞题得好：

"绝口不语，抱恨终天，块然独处，隐士流芳。"

并且据说"以此终身，至百余岁"，则是装了哑巴，既成高士之名，又享长寿之福，哑巴之可赞美盖彰彰然明矣。

世道衰微，人心不古，现今哑巴居然也打手势说起话来了。不过这在黑暗中还是不能用，不能说话。孔子曰："邦无道，危行言孙。"哑巴其犹行古之道也欤？

・ 三　麻醉礼赞

麻醉，这是人类所独有的文明。书上虽然说，斑鸠食桑葚则醉，或云，猫食薄荷则醉，但这都是偶然的事，就像是人错吃了笑菌，笑得个一塌糊涂，并不是成心去吃了好玩的。成心去找麻醉，是我们万物之灵的一种特色，假如没有这个，人之所以异于禽兽者几希了。

麻醉有种种的方法。在中国最普通的一种是抽大烟。听说西洋也有文人爱好这件东西，一位散文家的杰作便是在烟盘旁边的回忆，另一诗人的一篇《忽不烈汗》的诗也是从芙蓉城的醉梦中得来的。中国人的抽大烟则是平民化的，并不为某一阶级所专享，大家一样地吱吱地抽吸，共享麻醉的洪福，是一件值得称扬的事。鸦片的趣味何在？我因为没有入过黑籍，不能知道，但总是麻酥酥地很有趣吧。我曾见一位烟户，穷得可以，真不愧为鹑衣百结，但头戴一顶瓜皮帽，前面顶边烧成一个大窟窿，乃是沉醉时把头屈下去在灯上烧去的，于此即可想见其陶然之状了。近代传闻孙馨帅有一队烟兵，在烟瘾抽足的时候冲锋最为得力，则已失了麻醉的意义，至少在我以为总是不足为训的了。

中国古已有之的国粹的麻醉法，大约可以说是饮酒。刘伶的"死便埋我"，可以算是最彻底的了，陶渊明的诗也总是三句不离酒，如云"拨置且莫念，一觞聊可挥"，又云，"天运苟如此，且进杯中物"，又云，"中觞纵遥情，忘彼千载忧，且极今朝乐，明日非所求"，都是很好的例子。酒，我是颇喜欢的，不过曾经声明过，殊不甚了解陶然之趣，只是乱喝一番罢了。但是在别人的确有麻醉的力量，它能引人着胜地，就是所谓童话之国土。我有两个族叔，尤是这样幸福的国土里的住民。有一回冬夜，他们沉醉回来，走过一座吾乡所很多的石桥，哥哥刚一抬脚，棉鞋掉了，兄弟给他在地上乱摸，说道："哥哥，棉鞋有了。"用脚一端，却又没有，哥哥道："兄弟，棉鞋汪的一声又不见了！"原来这乃是一只黑小狗，被兄弟当作棉鞋捧了来了。我们听了或者要笑，但他们那时神圣的乐趣我辈外人哪里能知道呢？的确，黑狗当棉鞋的世界于我们真是太远了，我们将棉鞋当棉鞋，自己说是清醒，其实却是极大的不幸。何为可惜十二文钱，不买一提黄汤，灌得倒醉以入此乐土乎？

　　信仰与梦、恋爱与死，也都是上好的麻醉。能够相信宗教或主义，能够做梦，乃是不可多得的幸福的性质，不是人人所能获得的。恋爱要算是最好的了，无论何人都有此可能，而且犹如采补求道，一举两得，尤为可喜，不过此事至难，第一须有对手，不比别的，只要一灯一盏即可过瘾，所以即使不说是奢侈，至少也总是一种费事的麻醉吧。至于失恋以至反目，事属寻常，正如酒徒呕吐、烟客脾泄，不足为病，所当从头承认者也。末后说到死。死这东西，有些人以为还好，有些人以为很坏，但如当作麻醉品去看时，这似乎倒也不坏。依壁鸠鲁说过，死不足怕，因为死与我辈没有关系，我们在时尚未有死，死来时我们已没了。快乐派是相信原子说的，这种唯物的说法可以消除死的恐怖，但由我们看来，死又何尝不是一种快乐，麻醉的假使我们没有，这样的乐趣恐非醇酒、妇人所可比拟吧？所难者是怎样才能如此麻醉、快乐？这个我想是另一问题，不是我们现在所要谈论的了。

　　醉生梦死，这大约是人生最上的生活法吧？然而也有人不愿意这样。普通外科手术总用全身或局部的麻醉，唯偶有英雄独破此例，如关云长刮骨疗毒，为世人所佩服，固其宜也。盖世间所有唯辱与苦，茹苦忍辱，斯乃得度。画廊派哲人（Stoics）之勇于自杀，自成宗派，若彼得洛纽思（Petronous）听歌饮酒，切脉以死，虽稍贵族的，故自可喜。达拉思布耳巴（Taras Bulba）长子为敌所获，毒刑致死，临死曰："父亲，你都看见吗？"达拉思匿观众中大呼曰："儿子，我都看见！"此则哥萨克之勇士，北方之强也。此等人对于人生细细尝味，如啜苦酒，一点都不含糊，其坚苦卓绝盖不可及，但是我们凡人也就无从追踪了。话又说了回来，我们的生活恐怕还是醉生梦死最好吧。——所苦者我只会喝几口酒，而又不能麻醉，还是清醒地都看见、听见，又无力高声大喊，此乃是凡人之悲哀，实为无可如何者耳。

八九年十一月三十日

（选自《看云集》，岳麓书社，1988年版）

沉默

周作人

　　林玉堂先生说，法国一个演说家劝人缄默，成书三十卷，为世所笑，所以我现在做讲沉默的文章，想竭力节省，以原稿纸三张为度。

　　提倡沉默从宗教方面讲来，大约很有材料，神秘主义里很看重沉默。美忒林克便有一篇极妙的文章。但是我并不想这样做，不仅因为怕有拥护宗教的嫌疑，实在是没有这种知识与才力。现在只就人情世故上着眼说一说吧。

　　沉默的好处第一是省力。中国人说，多说话伤气，多写字伤神。不说话、不写字大约是长生之基，不过平常人总不易做到，那么一时的沉默也就很好，于我们大有裨益。三十个小时草成一篇宏文，连睡觉的时光都没有，第三天必要头痛；演说家在讲台上呼号两点钟，难免口干喉痛，不值得甚矣。若沉默，则可无此种劳苦——虽然也得不到名声。

沉默的第二个好处是省事。古人说"口是祸门"，关上门，贴上封条，祸便无从发生（"闭门家里坐，祸从天上来。"那只算是"空气传染"，又当别论），此其利一。自己想说服别人，或是有所辩解，照例是没什么影响，而且愈说愈是渺茫，不如及早沉默，虽然不能因此而说服或辩明，但至少是不会增添误会。又或别人有所陈说，在这面也照例不很能理解，极不容易答复，这时候沉默是适当的办法之一。古人说不言是最大的理解，这句话或者有深奥的道理，据我想则在我至少可以藏过不理解，而在他也就可以有了猜想被理解了之自由。沉默之好处的好处，此其二。

　　善良的读者们，不要以我为太玩世（cynical）了吧？老实说，我觉得人之互相理解是至难——即使不是不可能的事，而表现自己之真实的感情思想也是同样的难。我们说话作文，听别人的话，读别人的文，以为互相理解了，这是一个聊以自娱的如意的好梦，好到连自己觉到了的时候也还不肯立即承认，知道是梦了却还想在梦境中多流连一刻。其实我们这样说话作文，无非只是想这样做，想这样聊以自娱，如其觉得没有什么可娱，那么尽可简单地停止。我们在门外草地上翻几个筋斗，想象那对面高楼上的美人看着（明知她未必看得见）很是高兴，是一种办法；反正她不会看见，不翻筋斗了，且卧在草地上看云吧，这也是一种办法。两者都是对的，我这回是在做第二个题目罢了。

我是喜翻筋斗的人，虽然自己知道翻得不好。但这也只是不巧妙罢了，未必有什么害处，足为世道人心之忧。不过自己的评语总是不大靠得住的，所以在许多知识阶级的道学家看来。我的筋斗都翻得有点不道德，不是这种姿势足以坏乱风俗，便是这个主意近于妨害治安。这种情形在中国可以说是意表之内的事，我们也并不想因此而变更态度，但如民间这种倾向到了某一程度，翻筋斗的人至少也应有想到省力的时候了。

　　三张纸已将写满，这篇文应该结束了。我费了三张纸来提倡沉默，因为这是对于现在的中国的适当办法。——然而这原来只是两种办法之一，有时也可以择取另一办法：高兴的时候弄点小把戏，"借资排遣"。将来别处看有什么机缘，再来噪聒，也未可知。

一九二四年七月二十日

（选自《雨天的书》，岳麓书社，1987年版）

沉默

朱自清

沉默是一种处世哲学，用得好时，又是一种艺术。

谁都知道口是用来吃饭的，有人却说是用来接吻的。我说满没有错儿，但是若统计起来，口的最多的（也许不是最大的）用处，还应该是说话，我相信。按照时下流行的议论，说话大约也算是一种"宣传"，自我的宣传。所以说话彻头彻尾是为自己的事。若有人一口咬定是为别人，凭了种种神圣的名字，我却也愿意让步，请许我这样说：说话有时的确只是间接地为自己，而直接地算是为别人！

自己以外有别人，所以要说话；别人也有别人的自己，所以又要少说话或不说话。于是乎我们要懂得沉默。你若念过鲁迅先生的《祝福》，一定会立刻明白我的意思。

一般人见生人时，大抵会沉默的，但也有不少例外。常在火车、轮船里，看见有些人迫不及待似的到处向人问讯、攀谈，无论那是搭客或茶房，我只有羡慕这些人的健康——因为在中国这样的旅行中，竟不会感到一点儿疲倦！见生人的沉默，大约由于原始的恐惧，但是似乎也还有别的。假如这个生人的名字，你全然不熟悉，你所能做的工作，自然只是有意或无意的防御——像防御一个敌人。沉默便是最安全的防御战略。你不一定要他知道你，更不想让他发现你的可笑的地方——一个人总有些可笑的地方不是？——你只让他尽量说他所要说的，若他是个爱说的人。末了你恭恭敬敬和他分别。假如这个生人，你愿意和他做朋友，你也还是得沉默。但是得留心听他的话，选出几处，加以简短的、相当的赞词，至少也得表示相当的同意。这就是知己的开场，或说起码的知己也可。假如这个人是你所敬仰的或未必敬仰的"大人物"，你记住，更不可不沉默！大人物的言语，乃至脸色眼光，都有异样的地方，你最好远远地坐着，让那些勇敢的同伴上前线去。——自然，我说的只是你偶然地遇着或随众访问大人物的时候。若你愿意专诚拜谒，你得另想办法；在我，那却是一件可怕的事。——你看看大人物与非大人物或大人物与大人物间谈话的情形，准可以满足，而不用从牙缝里迸出一个字。说话是一件费神的事，能少说或不说以及应少说或不说的时候，沉默实在是长寿之一道。至于自我宣传，诚哉重要——谁能不承认这是重要的呢？——但对于生人，这是白费的：他不会领略你宣传的旨趣，只会暗笑你的宣传热；他会忘记得干干净净，在和你一鞠躬或一握手以后。

146

朋友和生人的不同，就在于他们能听也肯听你的说话——宣传。这不用说是交换的，但是就是交换的也好。他们在不同的程度下了解你、谅解你，他们对于你有了相当的趣味和礼貌。你的话满足他们的好奇心，他们就趣味地听着；你的话严肃或悲哀，他们因为礼貌的缘故，也能暂时跟着你严肃或悲哀。在后一种情形里，满足的是你；他们所真感到的怕倒是矜持的气氛。他们知道"应该"怎样做。这其实是一种牺牲，"应该"也"值得"感谢的。但是即使在知己的朋友面前，你的话也还不应该说得太多；同样的故事、情感和警句、隽语，也不宜重复地说。《祝福》就是一个好榜样。你应该相当地节制自己，不可妄想你的话会占领朋友们整个的心——你自己的心，也不会让别人完全占领呀！你更应该知道怎样藏匿你自己。只有不可知、不可得的，才有人去追求；你若将所有的尽给了别人，你对于别人、对于世界，将没有丝毫意义，正和医学生实习解剖时用过的尸体一样。那时是不可思议的孤独，你将不能支持自己，而倾仆到无底的黑暗里去。一个情人常喜欢说："我愿意将所有的都献给你！"谁真知道他或她所有的是些什么呢？第一个说这句话的人，只是表示自己的慷慨，至多也只是表示一种理想。以后跟着说的，更只是"口头禅"而已。所以朋友间，甚至恋人间，沉默还是不可少的。你的话应该像黑夜的星星，不应该像除夕的爆竹——谁稀罕那彻宵的爆竹呢？而沉默有时更有诗意。譬如在下午，在黄昏，在深夜，在大而静的屋子里，短时的沉默，也许远胜于连续不断的倦怠了的谈话。有人称这种境界为"无言之美"，你瞧，多漂亮的名字！——至于所谓"拈花微笑"，那更了不起了！

可是沉默也有不行的时候。人多时你容易沉默下去，一主一客时，就不准行。你的过分沉默，也许把你的生客惹恼了，赶跑了！倘使你愿意赶他，当然很好；倘使你不愿呢，你就得不时地让他喝茶、抽烟、看画片、读报、听话匣子，偶然也和他谈谈天气、时局——只是复述报纸的记载，加上几个不能解决的疑问，总以引他说话为度。于是你点点头，哼哼鼻子，时而叹叹气，听着。他说完了，你再给起个头，照样地听着。但是我的朋友遇见过一个生客，他是一位准大人物，因某种礼貌关系去看我的朋友。他坐下时，将两手笼起，搁在桌上，说了几句话，就止住了，两眼炯炯地直看着我的朋友，我的朋友窘极，好容易陆陆续续地找出一句半句话来敷衍。这自然也是沉默的一种用法，是上司对属僚保持威严用的。用在一般交际里，未免太露骨了；而在上述的情形中，不为主人留一些余地，更属无礼。大人物以及准大人物之可怕，正在此等处。至于应付的方法，其实倒也有，那还是沉默；只消照样笼了手，和他对看起来，他大约也就无可奈何了吧？

（选自《朱自清全集》第三卷，江苏教育出版社，1988年版）

祝土匪

林语堂

莽原社诸朋友来要稿，论理莽原社诸先生既非正人君子又不是当代名流，当然有与我合作之可能，所以也就慨然允了他们。写几字凑数，补白。

然而又实在没有工夫，文士们（假如我们也可以冒充文士）欠稿债，就同穷教员欠房租一样，期一到就焦急。所以没工夫也得挤，所要者挤出来的是我们自己的东西，不是挪用、借光、贩卖的货物，便不至于成文妖。

于短短的时间，要做长长的文章，在文思迟滞的我是不行的。无已，姑就我要说的话有条理地或无条理地说出来。

近来我对于言论界的职任及性质渐渐清楚。也许我一时所见是错误的，然而我实还未老，不必装起老成的架子，将来升官或入研究系时再来更正我的主张不迟。

言论界，依中国今日此刻此地情形，非有些土匪、傻子来说话不可。这也是祝莽原、恭维莽原的话，因为莽原即非太平世界，莽原之主稿诸位先生当然很愿意揭竿作乱，以土匪自居。至少总不愿意以"绅士""学者"自居，因为学者所记得的是他的脸孔，而我们似乎没有时间顾到这一层。

现在的学者最要紧的就是他们的脸孔，倘是他们自三层楼滚到楼底下、翻起来时，头一样想到的是拿起手镜照一照，看他的假胡须还在乎？金牙齿没掉吗？雪花膏未涂污乎？至于骨头折断与否，似在其次。

学者只知道尊严，因为要尊严，所以有时骨头不能不折断，而不自知，且自告人曰，我固完肤也。呜呼学者！呜呼所谓学者！

因为真理有时要与学者的脸孔冲突，不敢为真理而忘记其脸孔者，则终必为脸孔而忘记真理，于是乎学者之骨头折断矣。骨头既断，无以自立，于是"架子"、木脚、木腿来了。就是一副银腿、银脚也要觉得讨厌，何况还是木头做的呢？

托尔斯泰曾经说过极好的话，论真理与上帝孰重。他说以上帝为重于真理者，继必以教会为重于上帝，其结果必以其特别教门为重于教会，而终必以自身为重于其特别教门。

就是学者斤斤于其所谓学者态度，所以失其所谓学者，而去真理一万八千里之遥。说不定将来学者反得让我们土匪做。

学者虽讲道德、士风，而每每说到自己脸孔上去，所以道德、士风将来也非由土匪来讲不可。

一人不敢说我们要说的话，不敢维持我们良心上要维持的主张，这边告诉人家我是学者，那边告诉人家我是学者，自己无贯彻强毅主张，倚门卖笑，双方讨好，不必说真理招呼不来，真理有知，亦早已因一见学者脸孔而退避三舍矣。

唯有土匪，既没有脸孔可讲，所以比较可以少作揖让，少对大人物叩头。他们既没有金牙齿，又没有假胡须，所以自三层楼上滚下来，比较少顾虑，完肤或者未必完肤，但是骨头可以不折，而且手足嘴脸，就使受伤，好起来时，还是真皮真肉。

真理是妒忌的女神，归奉她的人就不能不守独身主义，学者却家里还有许多老婆、姨太太、上炕老妈、通房丫头。然而真理并非靠学者供养的，虽然是妒忌，却不肯说话，所以学者所真怕的还是家里的老婆，不是真理。

唯其有许多要说的话学者不敢说，唯其有许多良心上应维持的主张学者不敢维持，所以今日的言论界还得有土匪、傻子来说话。土匪、傻子是顾不到脸孔的，并且也不想将真理贩卖给大人物。

土匪、傻子可以自慰的地方，就是有史以来大思想家都被当代学者称为"土匪""傻子"过，并且他们的仇敌也都是当代的学者、绅士、君子、士大夫……自有史以来，学者、绅士、君子、士大夫都是中和稳健的：他们的家里老婆不一，但是他们的一副面团团的尊容，则无古今中外东西南北皆同。

然而土匪有时也想做学者，等到当代学者夭灭殇亡之时。

到那时候，却要请真理出来登极。但是我们没有这种狂想，这个时候还远着呢！我们生于草莽，死于草莽，遥遥在野外莽原，为真理喝彩，祝真理万岁，于愿足矣。

只不要投降！

一九二五，十二，二十八

（选自《剪拂集》，北新书局，1928年版）

新年醉话

老　舍

　　大新年的，要不喝醉一回，还算得了英雄好汉吗？喝醉而去闷睡半日，简直是白糟蹋了那点酒。喝醉必须说醉话，其重要性至少等于新年必须喝醉。

　　醉话比诗话、词话、官话的价值都大，特别是在新年。比如你恨某人，久想骂他猴崽子一顿。可是平日的生活，以清醒温和为贵，怎好大睁白眼地骂阵一番？到了新年，有必须喝醉的机会，不乘此时节把一年的"储蓄骂"都倾泻净尽，等待何时？于是乎骂矣。一骂，心中自然痛快，且觉得颇有英雄气概。因此，来年的事业也许更顺当，更风光。在元旦或大年初二已自诩为英雄，一岁之计在于春也。反之，酒只两盅，菜过五味，欲哭无泪，欲笑无由。只好哼哼唧唧噜哩噜苏，如老母鸡然，则癫狗见了也多咬你两声，岂能成为民族的英雄？

　　再说，处此文明世界，女扮男装。许许多多男子大汉在家中乾纲不振。欲恢复男权，以求平等，此其时矣。你得喝醉哟，不然哪里敢！既醉，则挑鼻子弄眼，不必提名道姓，而以散文诗冷嘲，继以热骂：头发烫得像鸡窝，能孵小鸡吗？曲线美、直线美，又几个钱一斤？老子的钱是容易挣的？哼！诸如此类，无须管层次清楚与否，但求气势畅利。每当稍为停顿，则加一哼，哼出两道白气，这么一来，家中女性，必都惶恐。如不惶恐，则拉过一个——以老婆最为合适——打上几拳。即使因此而罚跪床前，但床前终少见证，而醉骂则广播四邻，其声势极不相同，威风到底是男子汉的。闹过之后，如有必要，得请她看电影；虽发是鸡窝如故，且未孵出小鸡，究竟得显出不平凡的亲密。即使完全失败，跪在床前也不见原谅，到底酒力热及四肢，不致着凉害病，多跪一会儿正自无损。这自然是附带的利益，不在话下。无论怎么说，你总得给女性们一手儿瞧瞧，纵不能一战成功，也给了她们个有力的暗示——你并不是泥人哟！久而久之，只要你努力，至少也使她们明白过来：你有时候也曾闹脾气，而跪在床前殊非完全投降的意思。

至若年底搪债，醉话尤为必需。讨债的来了，见面你先喷他一口酒气，他的威风马上得降低好多，然后，他说东，你说西，他说欠债还钱，你唱《四郎探母》。虽曰无赖，但过了酒劲，日后见面，大有话说。此"尖头曼"之所以为"尖头曼"也。

醉话之功，不止于此，要在善于运用。秘诀在这里：酒喝到八成，心中还记得"莫谈国事"，把不该说的留下；可以说的，如骂友人与恫吓女性，则以酒力充分活动想象力，务使自己成为浪漫的英雄。骂到伤心之处，宜紧紧摇头，使眼泪横流，自增杀气。

当是时也，切莫题词寄信，以免留叛逆的痕迹。必欲艺术地发泄酒性，可以在窗纸上或院壁上作画。画完题"醉墨"二字，豪放之情乃万古不朽。

注：《矛盾月刊》新年特大号向我要文章。写小说吧，没工夫；作诗，又不大会。就寄了这么几句，虽然没有半点艺术价值，可是在实际上不无用处。如有仁人君子照方儿吃一剂，而且有效，那我要变成多么有光荣的我哟！

一九三四年节

（选自《老舍幽默文集》，湖南人民出版社，1983年版）

乡下人的风趣

聂绀弩

　　抗战前一年，我同一个朋友到 S 省的某处去，碰到一个非常有趣的乡下人，谈过一些非常奇怪的话，要不是亲耳听见，我决不会相信有那样的人，谈那样的话的。我们是在离大路不远的一个池塘边碰见他的，他正在一个人车水。起初，我们是向他问路，看见他谈话的样子有趣，就爽性在那儿歇脚，和他攀谈起来。他起初也不大多讲话，后来看见我们不想走，或许也觉得很有趣，也就随便谈起来了。

　　"客人，"他问，"你们从什么地方来的？"

　　"南京。"我答。

　　"从南京？"他发出像被蛇咬了一口似的声音，"你们从南京？你们是官呗？"

　　"不是！"我看他似乎不喜欢官，连忙补充，"我们是做小生意的。"

我们本不是官，但也不是做生意的，怕他不懂得什么叫作写文章，只好撒一个并无恶意的谎。

"怎么？南京也有做小生意的？人家讲那里尽是官啊？"

我们给他解释，说南京有做生意的、做手艺的、赶零工的……但他似乎不大理睬。

"你们看见过官？"

"当然看见过。"

"很大很大的官都看见过？"他用两手向两边张开，像围一棵合抱不交的大树似的比拟，仿佛说：这么大！这么大！"那一定是很好看的呗。听说官都胖得很，重得很，越大的就越胖，胖得走都走不动，要人抬，顶大的官要上百的人抬！怎会不胖呢？他们吃得好呵！听说王爷侯爷们的金銮宝殿上，左边是炸油条的，右边是炕烧饼的。他们一下子到这边吃根油条，一下子又到那边吃个烧饼，滚烫的，一个铜子也用不着花！"

"哈哈！"我和朋友都不等他说完，就忍不住大笑起来。想不到的趣话呀！但我不知道他是真那样相信呢，还是故意装疯卖傻，逗我们好玩？乡下人也有乡下人的风趣，逗起城里人来，也不下城里人之逗乡下人的。

"他们天天杀人呗？"他看见他的话引得我们乐了，分外得意，自己也含着傻笑另外起头说。

"不！"朋友说："杀人是有季候的，总是秋天。"朋友大概也要逗他了，故意把过去的"秋后处决"的话拿出来说。这句话却引起了他的更离奇的趣话：

"他们讨小也要等到秋天？"

"杀人跟讨小有什么关系呢？"我不懂，朋友也不懂。

"噫！"他诧异，"住在南京还不晓得？不是把人杀了，把人的老婆娶过去做小吗？咱们就为这，死也不敢到那里去！"

"完全是谣言！"我说。朋友也附和。

"谣言？咱们问你，他们是不是都有小？"

"也有没有的。"

"有的有多少呢？"

"一个两个。还能有多少呢？"

"别哄咱们，咱们什么都知道，几百上千的都有，如果不是杀人，占人家的老婆，那么多的小从哪里来呢？"

"不对！"我说，"杀人是杀人，讨小是讨小。讨小是用合法的手续从别处娶来的，并非占的被杀掉了的犯人的老婆。"

"谁会相信呢？天生一个男的，就配上一个女的。要不杀掉一些男的，怎么有那么多女的不肯嫁给人家做老婆，倒肯嫁给人家做三大小、四大小、百大小、千大小呢？"

就是这样的一些怪话，几乎把我们的肚子都笑破了。

无论怎样给他解说，他都一点也不相信。后来把他的话重复给别人听，别人也不相信这回事是真的，除了以为他是在开玩笑。但在当时，虽然有时也笑笑，他的样子确是一本正经的，莫非我们真的倒被他骗过了？他的样子有五十来岁，总不会傻到说那样的孩子话吧？

　　无论他是真那样相信，还是故意那么说，无论他说的话隔事实有多么远，后来我想，他对于官的看法，倒是非常本质的。对于官，比起一个乡下人来，我们实在看得太多，知道得太多，大概就因为太多吧，反而被一些现象迷惑住了。如果仔细想想，不但只像他说的那样，即使有人更夸张，说官（大官）是以人血为酒、人肉为肴，靠吃人过日子的，我也愿意替他作证：他的话没有错！

　　　　　　　　　　　　　　　一九四六，七，七，重庆

　　　　（选自《聂绀弩杂文集》，生活·读书·新知三联书店，
　　　　　　　　　　　　　　　　　　　　　　　　1981年版）

幽默的叫卖声

夏丏尊

住在都市里，从早到晚，从晚到早，不知要听到多少种类多少次数的叫卖声。深巷的卖花声是曾经入过诗的，当然富于诗趣，可惜我们现在实际上已不大听到。寒夜的"茶叶蛋""细沙粽子""莲心粥"等等，声音发沙，十之七八似乎是"老枪"的喉咙，困在床上听去颇有些凄清。每种叫卖声，差不多都有着特殊的情调。

我在这许多叫卖者中，发现了两种幽默家。

一种是卖臭豆腐干的。每日下午五六点钟，弄堂口常有臭豆腐干担歇着或是走着叫卖，担子的一头是油锅，油锅里现炸着臭豆腐干，气味臭得难闻。卖的人大叫"臭豆腐干！""臭豆腐干！"，态度自若。

我以为这很有意思。"说真方，卖假药"，"挂羊头，卖狗肉"，是世间一般的毛病，以香相号召的东西，实际往往是臭的。

卖臭豆腐干的居然不欺骗大众，自叫"臭豆腐干"，把"臭"作为口号标语，实际的货色真是臭的。言行一致，名副其实，如此不欺骗别人的事情，怕世间再也找不出了吧！我想。

"臭豆腐干！"这呼声在欺诈横行的现世，俨然是一种愤世嫉俗的激越的讽刺！

还有一种是五云日升楼卖报者的叫卖声。那里的卖报的和别处不同，没有十多岁的孩子，都是些三四十岁的老枪瘪三，身子瘦得像腊鸭，深深的乱头发，青屑屑的烟脸，看去活像个鬼。早晨是看不见他们的，他们卖的总是夜报。傍晚坐电车打那儿经过，就会听到一片发沙的卖报声。

他们所卖的似乎都是两个铜板的东西，如《新夜报》《时报号外》之类。叫卖的方法很特别，他们不叫"刚刚出版××报"，却把价目和重要新闻的标题连在一起，叫起来的时候，老是用"两个铜板"打头，下面接着"要看到"三个字，再下去是当日的重要的国家大事的题目，再下去是一个"哪"字。"两个铜板要看到十九路军反抗中央哪！"在福建事变起来的时候，他们就这样叫。"两个铜板要看到日本副领事在南京失踪哪！"藏本事件开始的时候，他们就这样叫。

在他们的叫声里，任何国家大事都只要花两个铜板就可以看到，似乎任何国家大事都只值两个铜板的样子。我每次听到，总深深地感到冷酷的滑稽情味。

"臭豆腐干！""两个铜板要看到××××哪！"这两种叫卖者颇有幽默家的风格。前者似乎富于热情，像个矫世的君子。后者似乎鄙夷一切，像个玩世的隐士。

（选自《太白》第二卷第一期）

谦让

梁实秋

　　谦让仿佛是一种美德，若想在眼前的实际生活里寻一个具体的例证，却不容易。类似谦让的事情近来似乎很难得发生一次。就我个人的经验说，在一般宴会里，客人入席之际，我们最容易看见类似谦让的事情。

　　一群客人挤在客厅里，谁也不肯先坐，谁也不肯坐首座，好像"常常登上座，渐渐入祠堂"的道理是人人所不能忘的。于是你推我让，人声鼎沸。辈分小的、官职低的，垂着手远远地立在屋角，听候调遣。自以为有占首座或次座资格的人，无不攘臂而前，拉拉扯扯，不肯放过他们表现谦让的美德的机会。有的说："我们叙齿，你年长！"有的说："我常来，你是稀客！"有的说："今天非你上座不可！"事实固然是为让座，但是当时的声浪和唾沫星子却都表示像在争座。主人腼着一张笑脸，偶然插一两句嘴，作鸳鸯笑。这场纷扰，要直到大家的兴致均已低落，该说的话差不多都已说完，然后急转直下，突然平息，本就该坐上座的人便去就了上座，并无苦恼之象，而往往是显着踌躇满志、顾盼自雄的样子。

我每次遇到这样谦让的场合，便首先想起《聊斋》上的一个故事：一伙人在热烈地让座，有一位扯着另一位的袖子，硬往上拉，被拉的人硬往后躲，双方势均力敌，突然间拉着袖子的手一松，被拉的那只胳臂猛然向后一缩，胳臂肘尖正撞在后面站着的一位驼背朋友的两只特别凸出的大门牙上，喀吱一声，双牙落地！我每忆起这个乐极生悲的故事，为明哲保身起见，在让座时我总躲得远远的。等风波过后，剩下的位置是我的，首座也可以，坐上去并不头晕，末座亦无妨，我也并不因此少吃一嘴。我不谦让。

考让座之风之所以如此的盛行，其故有二。第一，让来让去，每人总有一个位置，所以一面谦让，一面稳有把握。假如主人宣布，位置只有十二个，客人却有十四位，那便没有让座之事了。第二，所让者是个虚荣。本来无关宏旨，凡是半径都是一般长，所以坐在任何位置（假如是圆桌）都可以享受同样的利益。假如明文规定，凡坐过首席若干次者，在铨叙上特别有利，我想让座的事情也就少了。我从不曾看见，在长途公共汽车车站售票的地方，如果没有木制的长栅栏，还能够保留一点谦让之风！因此我发现了一般人处世的一条道理，那便是：无需让的时候，则无妨谦让一番，于人无利，于己无损；在该让的时候，则不谦让，以免损己；在应该不让的时候，则必定谦让，于己有利，于人无损。

小时候读到孔融让梨的故事，觉得实在难能可贵，自愧弗如。一只梨的大小，虽然是微屑不足道，但对于一个四五岁的孩子，其重要或者并不下于一个公务员之心理盘算简、荐、委。有人猜想，孔融那几天也许肚皮不好，怕吃生冷，乐得谦让一番。我不敢这样妄加揣测。不过我们要承认，利之所在，可以使人忘形，谦让不是一件容易的事。孔融让梨的故事，发扬光大起来，确有教育价值，可惜并未发生多少实际的效果：今之孔融，并不多见。

谦让作为一种仪式，并不是坏事，像天主教会选任主教时所举行的仪式就蛮有趣。就职的主教照例地当众谦逊三回，口说 *nolo episcopari*（意即"我不要当主教"），然后照例地敦促三回，终于勉为其难了。我觉得这样的仪式比宣誓就职之后再打通电声明固辞不获，要好得多。谦让的仪式行久了之后，也许对于人心有潜移默化之功，使人在争权夺利奋不顾身之际，不知不觉地也举行起谦让的仪式。可惜我们人类的文明史尚短，潜移默化尚未能奏大效，露出原始人的狰狞面目的时候要比雍雍穆穆地举行谦让仪式的时候多些。我每次从公共汽车售票处杀进杀出，心里就想先王以礼治天下，实在有理。

（选自《雅舍小品》，碧辉图书公司版）

送行

梁实秋

"黯然销魂者，唯别而已矣。"遥想古人送别，也是一种雅人深致。古时交通不便，一去不知多久，再见不知何年，所以在南浦唱支骊歌，在灞桥折条杨柳，甚至在阳关敬一杯酒，都有意味。李白的船刚要启碇，汪伦老远地在岸上踏歌而来，那幅情景真是历历如在目前。其妙处在于纯朴真挚，出之以潇洒自然。平夙莫逆于心，临别难分难舍。如果平常我看着你面目可憎，你觉着我语言无味，一旦远离，那是最好不过，只恨世界太小，唯恐将来又要碰头，何必送行？

在现代人的生活里，送行是和拜寿、送殡等等一样地成为应酬的礼节之一。"揪着公鸡尾巴"起个大早，迷迷糊糊地赶到车站码头，挤在乱哄哄的人群里面，找到你的对象，扯几句淡话，好容易耗到汽笛一叫，然后作鸟兽散，吐一口轻松气，噘着大嘴回家。这叫作周到。在被送的那一方面，觉得热闹，人缘好，没白混，而且体面，有这么多人舍不得我走，斜眼看着旁边的没人送的旅客，相形之下，尤其容易生起一种优越之感，不禁精神抖擞，恨不得对每一个送行的人要握八次手，道十回谢。死人出殡，都讲究要有多少亲友执绋，表示恋恋不舍，何况活人？行色不可不壮。

悄然而行似是不大舒服，如果别的旅客在你身旁耀武扬威地与送行的话别，那会增加旅中的寂寞。这种情形，中外皆然。Max Beerbohm写过一篇《谈送行》，他说他在车站上遇见一位以演剧为业的老朋友在送一位女客，始而喁喁情话，俄而泪湿双颊，终乃汽笛一声，勉强抑止哽咽，向女郎频频挥手，目送良久而别。原来这位演员是在作戏，他并不认识那位女郎，他是属于"送行会"的一个职员，凡是旅客孤身在外而愿有人到站相送的，都可以到"送行会"去雇人来送。这位演员出身的人当然是送行的高手，他能放进感情，表演逼真。客人纳费无多，在精神上受惠不浅。尤其是美国旅客，用金钱在国外可以购买一切，如果"送行会"真的普遍设立起来，送行的人也不虞缺乏了。

送行既是人生中所不可少的一桩事，送行的技术也便不可不注意到。如果送行只限于到车站、码头报到，握手而别，那么问题就简单，但是我们中国的一切礼节都把"吃"列为最重要的一个项目。一个朋友远别，生怕他饿着走，饯行是不可少的，恨不得把若干天的营养都一次囤积在他肚里。我想任何人都有这种经验，如有远行而消息外露（多半还是自己宣扬），他有理由期望着饯行的帖子纷至沓来，短期间家里可以不必开伙。还有些思虑更周到的人，把食物携在手上，亲自送到车上、船上，好像是你在半路上会要挨饿的样子。

我永远不能忘记最悲惨的一幕送行。一个严寒的冬夜，车站上并不热闹，客人和送客的人大都在车厢里取暖，但是在长得没有止境的月台上，却有黑查查的一堆送行的人，有的围着斗篷，有的戴着风帽，有的脚尖在洋灰地上敲鼓似的乱动，我走近一看全是熟人，都是来送一位太太的。车快开了，不见她的踪影，原来在这一晚她还有几处饯行的宴会。在最后的一分钟，她来了。送行的人们觉得是在接一个人，不是在送一个人，一见她来到，大家都表示喜欢，所有的惜别之意都来不及表现了。她手上抱着一个孩子，吓得直哭，另一只手扯着一个孩子，连跑带拖，她的头发蓬松着，嘴里喷着热气，像是冬天载重的骡子，她顾不得和送行的人周旋，三步两步地就跳上了车。这时候车已在蠕动。送行的人大部分都手里提着一点东西，无法交付，可巧我站在离车门最近的地方，大家把礼物都交给了我，"请您偏劳给送上去吧！"我好像是一个圣诞老人，抱着一大堆礼物，我一个箭步蹿上了车，我来不及致辞，把东西往她身上一扔，回头就走，从车上跳下来的时候，打了几个转才立定脚跟。事后我接到她一封信，她说：

那些送行的都是谁？你丢给我那一堆东西，到底是谁送的？我在车上整理了好半天，才把那堆东西聚拢起来打成一个大包袱。朋友们的盛情算是给我添了一件行李。我愿意知道哪一件东西是哪一位送的，你既是代表送上车的，你当然知道，盼速见告。

计　开

水果三筐，泰康罐头四个，果露两瓶，蜜饯四盒，饼干四罐，豆腐乳四罐，蛋糕四盒，西点八盒，纸烟八听，信纸、信封一匣，丝袜两双，香水一瓶，烟灰碟一套，小钟一具，衣料两块，酱菜四篓，绣花拖鞋一双，大面包四个，咖啡一听，小宝剑两把……

这问题我无法答复，至今是个悬案。

我不愿送人，亦不愿人送我，对于自己真正舍不得离开的人，离别的那一刹那像是开刀，凡是开刀的场合照例是应该先用麻醉剂，使病人在迷蒙中度过那场痛苦，所以离别的苦痛最好避免。一个朋友说："你走，我不送你；你来，无论多大风多大雨，我都要去接你。"我最赏识那种心情。

（选自《雅舍小品》，碧辉图书公司版）

口中剿匪记

丰子恺

口中剿匪，就是把牙齿拔光。为什么要这样说呢？因为我口中所剩十七颗牙齿，不但毫无用处，而且常常作祟，使我受苦不浅。现在索性把它们拔光，犹如把盘踞在要害的群匪剿尽、肃清，从此可以天下太平，安居乐业。这比喻非常确切，所以我要这样说。

把我的十七颗牙齿，比作一群匪，再像没有了。不过这匪不是普通所谓"匪"，而是官匪，即贪官污吏。何以言之？因为普通所谓"匪"，是当局明令通缉的，或地方合力严防的，直称为"匪"。而我的牙齿则不然：它们虽然向我作祟，而我非但不通缉它们，严防它们，反而袒护它们。我天天洗刷它们；我留心保养它们；吃食物的时候我让它们先尝；说话的时候我委屈地迁就它们；我决然不敢冒犯它们。我如此爱护它们，所以我口中这群匪，不是普通所谓"匪"。

怎见得像官匪，即贪官污吏呢？官是政府任命的，人民推戴的。但他们竟不尽责任，而贪赃枉法，作恶为非，以危害国家，蹂躏人民。我的十七颗牙齿，正同这批人物一样。它们原是我亲生的，从小在我口中长大起来的。它们是我身体的一部分，与我痛痒相关的。它们是我吸取营养的第一道关口。它们替我研磨食物，送到我的胃里去营养我全身。它们站在我的言论机关的要路上，帮助我发表意见，它们真是我的忠仆、我的护卫。讵料它们居心不良，渐渐变坏。起初，有时还替我服务，为我造福，而有时对我虐害，使我苦痛。到后来它们作恶太多，个个变坏，歪斜偏侧，吊儿郎当，根本没有替我服务、为我造福的能力，而一味对我贼害，使我奇痒，使我大痛，使我不能吸烟，使我不得喝酒，使我不能作画，使我不能作文，使我不得说话，使我不得安眠。这种苦头是谁给我吃的？便是我亲生的，本当替我服务、为我造福的牙齿！因此，我忍气吞声，敢怒而不敢言。在这班贪官污吏的苛政之下，我茹苦含辛，已经隐忍了近十年了！不但隐忍，还要不断地买黑人牙膏、消治龙牙膏来孝敬它们呢！

我以前反对拔牙，一则怕痛，二则我认为此事违背天命，不近人情。现在回想，我那时真有文王之至德，宁可让商纣方命虐民，而不肯加以诛戮。直到最近，我受了易昭雪牙医师的一次劝告，文王忽然变了武王，毅然决然地兴兵伐纣、代天行道了。而且这一次革命，顺利进行，迅速成功。武王伐纣要"血流漂杵"，而我的口中剿匪，不见血光，不觉苦痛，比武王高明得多呢。

饮水思源，我得感谢许钦文先生。秋初有一天，他来看我，他满口金牙，欣然地对我说："我认识一位牙医生，就是易昭雪。我劝你也去请教一下。"那时我还有文王之德，不忍诛暴，便反问他："装了究竟有什么好处呢？"他说："夫妻从此不讨相骂了。"我不胜赞叹。并非羡慕夫妻不相骂，却是佩服许先生说话的幽默。幽默的功用真伟大，后来有一天，我居然自动地走进易医师的诊所里去，躺在他的椅子上了。经过他的检查和忠告之后，我恍然大悟，原来我口中的国土内，养了一大批官匪，若不把这批人物杀光，国家永远不得太平，民生永远不得幸福。我就下决心，马上任命易医师为口中剿匪总司令，次日立即向口中进攻。攻了十一天，连根拔起，满门抄斩，全部贪官，从此肃清。我方不伤一兵一卒，全无苦痛，顺利成功。于是我再托易医师另行物色一批人才来。要个个方正，个个干练，个个为国效劳，为民服务。我口中的国土，从此可以天下太平了。

一九四七年冬于杭州

（选自《缘缘堂随笔集》，浙江文艺出版社，1983年版）

有声电影

老 舍

二姐还没有看过有声电影。可是她已经有了一种理论。在没看见以前，先来一套说法，不独二姐如此，有许多伟人也是这样。此之谓"知之为知之，不知为知之"也。她以为有声电影便是电机嗒嗒之声特别响亮而已。要不然便是当电人——二姐管银幕上的英雄、美人叫电人——互相巨吻的时候，台下鼓掌特别发狂，以成其"有声"。她确信这个，所以根本不想去看。本来她对电影就不大热心，每当电人巨吻，她总是用手遮上眼的。

但据说有声电影是有说有笑而且有歌的。她起初还不相信，可是各方面的报告都是这样，她才想开开眼。

二姥姥等也没开过此眼，而二姐又恰巧打牌赢了钱，于是大请客。二姥姥、三舅妈、四姨、小秃、小顺、四狗子，都在被请之列。

173

二姥姥是天一黑就睡，所以决不能去看夜场；大家决定午时出发，看午后两点半那一场。看电影本是为开心解闷的，所以十二点动身也就行了。要是上车站接个人什么的，二姐总是早去七八个小时的。那年二姐夫上天津，二姐在三天前就催他到车站去，恐怕临时找不到座位。

早动身可不见得必定早到，要不怎么越早越好呢？说是十二点走哇，到了十二点三刻谁也没动身。二姥姥找眼镜找了一刻来钟，确是不容易找，因为眼镜在她自己腰里带着呢。跟着就是三舅妈找钮子，翻了四只箱子也没找到，结果是换了件衣裳。四狗子洗脸又洗了一刻多钟，这还总算顺当，往常一个脸得至少洗四十多分钟，还得有门外的巡警给帮忙。

出发了。走到巷口，一点名，小秃没影了。大家折回家里，找了半点多钟，没找着。大家决定不看电影了，找小秃是更重要的。把新衣裳全脱了，分头去找小秃。正在这个当儿，小秃回来了，原来他是跑在前面，而折回来找她们。好吧，再穿好衣裳走吧，巷外有的是洋车，反正耽误不了。

二姥姥给车价还按着现洋换一百二十个铜子时的规矩，多一个不要。这几年了，她不大出门，所以老觉得烧饼卖三个大铜子一个不是件事实，而是大家欺骗她。现在拉车的三毛两毛向她要，也不是车价高了，是欺侮她年老走不动。她偏要走一个给他们瞧瞧。这一挂劲可有些"憧憬"：她确是有志向前迈步，不过脚是向前向后，连她自己也不准知道。姨倒是能走，可惜为看电影特意换上高底鞋，似乎非扶着点什么不敢抬脚。她假装过去挽着二姥姥，其实是为自己找个靠头。不过大家看得很清楚，要是跌倒的话，这二位一定是一齐倒下。四狗子和小秃们急得直打蹦。

总算不离，三点一刻到了电影院。电影已经开映，这当然是电影院不对，难道不晓得二姥姥今天来吗？二姐实在觉得有骂一顿街的必要，可是没骂出来，她有时候也很能"文明"一气。

既来之则安之，打了票。一进门，小顺便不干了，怕黑，黑的地方有红眼鬼，无论如何也不能进去。二姥姥一看里面黑洞洞的，以为天已经黑了，想起来睡觉的舒服——她主张带小顺回家。要是不为二姥姥，二姐还想不起请客呢。谁不知道二姥姥已经是土埋了半截的人，不看回有声电影，将来见阎王的时候要是盘问这一层呢？大家开了家庭会议。不行，二姥姥是不能走的。至于小顺，好办，买几块糖好了。吃糖自然便看不见红眼鬼了。事情便这样解决了。四姨挽着二姥姥，三舅妈拉着小顺，二姐招呼着小秃和四狗子。前呼后应，在暗中摸索，虽然有看座的过来招待，可是大家各自为政地找座儿，忽前忽后，忽左忽右，离而复散，分而复合，主张不一，而又愿坐在一块儿。直落得二姐口干舌燥，二姥姥连喘带嗽，四狗子咆哮如雷，看座的满头是汗。观众们全忘了看电影，一齐恶声地"吃——"，但是压不下去二姐的指挥口令。二姐在公共场所说话特别响亮，要不怎样是"外场"人呢？

直到看座的电棒中的电已使净，大家才一狠心找到了座。不过，还不能这么马马虎虎地坐下。大家总不能忘了谦恭呀，况且是在公共场所。二姥姥年高有德，当然往里坐，可是二姥姥当着四姨怎肯以老卖老，四姨是姑奶奶呀，而二姐又是姐姐兼主人，而三舅妈到底是媳妇，而小顺子等是孩子，一部伦理从何处说起？大家打架似的推让，甚至把前后左右的观众都感化得直喊叫老天爷。好容易大家觉得让得已够上相当的程度，一齐坐下。可是小顺的糖还没有买呢！二姐喊卖糖的，真喊得有劲，连卖票的都进来了，以为是卖糖的杀了人。

糖买过了，二姥姥想起一桩大事——还没咳嗽呢。二姥姥一阵咳嗽，惹起二姐的孝心，与四姨、三舅妈说起二姥姥的后事来。老人家像二姥姥这样的，是不怕儿女当面讲论自己的后事的，而且乐意参加些意见。如"别的都是小事，我就是要个金九连环。也别忘了糊一对童儿！"这一说起来，还有完吗？一桩套着一桩，一件连着一件，说也奇怪，越是在戏馆、电影场里，家事越显着复杂。大家刚说到热闹的地方，忽，电灯亮了，人们全往外走。二姐喊卖瓜子的，说起家务要不吃瓜子便不够派儿。看座的过来了，"这场完了，晚场八点才开呢"。

大家只好走吧。一直到二姥姥睡了觉，二姐才想起问三舅妈："有声电影到底怎么说来着？"三舅妈想了想："管它呢，反正我没听见。"还是四姨细心，她说她看见一个洋鬼子吸烟，还从鼻子里冒烟呢，"电影是怎样做的，多么巧妙哇，鼻子冒烟，和真的一样，你就说！"大家都赞叹不已。

　　　　　　（选自《老舍幽默文集》，湖南人民出版社，1983年版）

五味巷

贾平凹

长安城内有一条巷，北边为头，南边为尾，千百米长短，五丈一棵小柳，十丈一棵大柳。那柳都长得老高，一直突出了两层木楼，巷面就全阴了，如进了深谷峡底。天只剩下一带，又尽被柳条割成一道儿的、一溜儿的。路灯就藏在树中，远看隐隐约约，羞涩得像云中半露的明月，近看光芒成束，乍长乍短地在绿缝里激射。在巷头一抬脚起步，巷尾就有了响动，背着灯往巷里走，身影比人长，越走越长，人还在半巷，身影已到巷尾去了。巷中并无别的建筑，一堵侧墙下，孤零零地站着一杆铁管，安有龙头，那便是水站了。水站常常断水，家家少不了备有水瓮、水桶、水盆儿，水站来了水，一个才会说话的孩子喊一声"水来了！"全巷便被调动起来。缺水时节、地震时期，巷里是一个神经，每一个人都可以当将军。买高档商品，是要去西大街、南大街，但生活日用，却极方便：巷北口就有四间门面，一间卖醋，一间卖椒，一间卖盐，一间卖碱；巷南口又有一大铺，专售甘蔗，最受孩子喜爱，每天门口涌集很多，来了就赶，赶了又来。巷本无名，借得巷头巷尾酸辣苦咸甜，便"五味，五味"，从此命名叫开了。

这巷子，离大街是最远的了，车从未从这里路过，或许就最保守着古老，也因保守的成分最多，便一直未被人注意过，改造过。但居民却看重这地方，住户越来越多，门窗越安越稠。东边木楼，从北向南，一百二十户；西边木楼，从南向北，一百零三户。门上窗上，挂竹帘的、吊门帘的、搭凉棚的、遮雨布的，一入巷口，各人一眼就可以看见自己门窗的标志。楼下的房子，没有一间不阴暗；楼上的房子，没有一间不裂缝。白天人人在巷里忙活，夜里就到每一个门窗去，门窗杂乱无章，却谁也不曾走错过。房间里，布幔拉开三道，三代界线划开；一张木床，妻子、儿子，香甜了一个家庭，屋外再吵再闹，也彻夜酣眠不醒了。

城内大街是少栽柳的，这巷里柳就觉得稀奇。冬天过去，春天几时到来，城里没有山河草林，唯有这巷子最知道。忽有一日，从远远的地方向巷中一望，一巷迷迷的黄绿，忍不住叫一声"春来了！"巷里人倒觉得来得突然，近看那柳枝，却不见一片绿叶，以为是迷了眼儿。再从远处看，那黄黄的、绿绿的，又弥漫在巷中。这奇观曾惹得好多人来，看了就叹，叹了就折，巷中人就有了制度：君子动眼不动手。只有远道的客人难得来了，才折一枝二枝送去瓶插。瓶要瓷瓶，水要净水，在茶桌儿案上置了，一夜便皮儿全绿，一天便嫩芽暴绽，三天吐出几片绿叶，一直可以长出五指长短，不肯脱落，娟秀如美人的长眉。

到了夏日，柳树全挂了叶子，枝条柔软修长如长发，数十缕一撮，数十撮一道，在空中吊了绿帘，巷面上看不见楼上的窗，楼窗里却能看清巷道人。只是天愈来愈热，家家门窗对门窗，火炉对火炉，巷里热气散不出去，人就全到了巷道。天一擦黑，男的一律裤头，女的一律裙子，老人、孩子无顾忌，便赤着上身，将那竹床、竹椅、竹席、竹凳，巷道两边摆严，用水哗地泼了，仄身躺着卧着上去，茶一碗一碗喝，扇一时一刻摇，旁边还放盆凉水，一刻钟去擦一次。有月，白花花一片，无月，烟火头点点，一直到了夜阑，打鼾的、低谈的、坐的、躺的，横七竖八，如到了青岛的海滩。

若是秋天，这里便最潮湿。砖块铺成的路面上，人脚踏出坑凹，每一个砖缝都长出野草，又长不出砖面，就嵌满了砖缝，自然分出一块一块的绿的方格儿。房基都很潮，外面的砖墙上印着泛潮后一片一片的白渍，内屋脚地，湿湿虫繁生，半夜小解一拉灯，满地湿湿虫乱跑，使人毛骨悚然，正待要捉，却霎时无影。难得的却有了鸣叫的蛐蛐，水泥大楼上、柏油街道上都有着蛐蛐，这砖缝、木隙里是它们的家园。孩子们喜爱，大人也不去捕杀，夜里懒散地坐在家中，倒听出一种生命之歌、欢乐之歌。三天、五天，秋雨就落一场，风一起，一巷乒乒乒乒，门窗皆响，索索瑟瑟，枯叶乱飞。雨丝接着斜斜下来，和柳丝一同飘落，一会拂到东边窗下，一会拂到西边窗下。末了，雨戛然而止，太阳又出来，复照在玻璃窗上，这儿一闪，那儿一亮，两边人家的动静，各自又对映在玻璃上，如演电影，自有了天然之趣。

孩子们是最盼着冬天的了。天上下了雪，在楼上窗口伸手一抓，便抓回几朵雪花，五角形的、七角形的，十分好看，凑近鼻子闻闻有没有香气，却倏忽就没了。等雪在柳树上积得厚厚的了，看见有相识的打下边过，动手一扯那柳枝，雪块就哗地砸下，并不生疼，却吃一大惊，楼上楼下就乐得大呼小叫。逢着一个好日头，家家就忙着打水洗衣，木盆都放在门口，女的揉，男的涂，花花彩彩的衣服全在楼窗前用竹竿挑起，层层叠叠，如办展销。风翻动处，常露出姑娘俊俏俏的白脸，立即又不见了，唱几句细声细气的电影插曲，逗起过路人好多遐想。偶尔就又有顽童恶作剧，手握一小圆镜，对巷下人一照，看时，头儿早缩了，在木楼里嘻嘻痴笑。

这里每一个家里，都在体现着矛盾的统一：人都肥胖，而楼梯皆瘦，两个人不能并排，提水桶必须双手在前；房间都小，而立柜皆大，向高空发展，乱七八糟东西一股脑全塞进去；工资都少，而开销皆多，上养老，下育小，两个钱顶一个钱花，自由市场的鲜菜吃不起，只好跑远道去国营菜场排队；地位都低，而心性皆高，家家看重孩子学习，巷内有一位老教师，人人器重。当然没有高干、中干住在这里，小车不会来的，也就从不见交通警察，也不见一次戒严。他们在外从不管教别人，在家也不受人教管：夫妻平等，男回来早，男做饭，女回来早，女做饭。他们也谈论别人住水泥楼上的单元，但末了就数说那单元房住了憋气：一进房，门"砰"地关了，一座楼分成几十个世界。也谈论那些后有后院、前有篱笆花园的人家，但末了就又数说那平房住不惯：邻人相见，而不能相逾。他们害怕那种隔离，就越发维护着亲近，有生人找一家，家家都说得清楚：走哪个门，上哪个梯，拐哪个角，穿哪个廊。谁家娶媳妇，鞭炮一响，两边楼上楼下伸头去看，乐事的剪一把彩纸屑，撒下新郎新娘一头喜，夜里去看闹新房，吃一颗喜糖，说十句吉祥。谁说不出谁家大人的小名，谁家小孩的脾性呢？

他们没有两家是乡当的，汉、回、满，各种风俗。也没有说一种方言的，北京、上海、河南、陕西，南腔北调。人最杂，语言丰富，孩子从小就会说几种话，各家都会炒几种风味菜，除了外国人，哪儿来的人都能交谈，哪儿来的剧团，都要去看。坐在巷中，眼不能看四方，耳却能听八面，城内哪个商场办展销，哪个工厂办技术夜校，哪个书店卖高考复习资料，只要一家知道，家家便都知道。北京开了什么会，他们要议论，某个球队出国得了冠军，他们要欢呼，哪个干部搞走私，他们要咒骂。议完了，笑完了，骂完了，就各自回家去安排各家的事情，因为房小钱少，夫妻也有吵的，孩子也有哭的。但一阵雷鸣电闪，立即便风平浪静，妻子依旧是乳，丈夫依旧是水，水乳交融，谁都是谁的俘虏；一个不笑，一个不走，两个笑了，孩子就乐，出来给人说：爸叫妈是冤家，妈叫爸是对头。

早上，是这个巷子最忙的时候。男的去买菜，排了豆腐队，又排萝卜队，女的给孩子穿衣喂奶，去炉子上烧水做饭。一家人匆匆吃了，但收拾打扮却费老长时间：女的头发要油光松软，裤子要线楞不倒，男子要领齐帽端，鞋光袜净，夫妻各自是对方的镜子，一切都满意了，一溜一行自行车扛下楼，一声叮铃，千声呼应，头尾相接，出巷去了。中午巷中人少，孩子可以隔巷道打羽毛球。黄昏来了，巷中就一派悠闲：老头去喂鸟儿，小伙去养鱼，女人最喜育花。鸟笼就挂满楼窗和柳丫上，鱼缸是放在走廊、台阶上，花盆却苦于没处放，就用铁丝、木板在窗外凌空吊一个凉台。这里的姑娘和月季，突然被发现，立即成了长安城内之最，五年之中，姑娘被各剧团吸收了十人，月季被植物园专家参观了五次。

就是这么个巷子，开始有了声名，参观者愈来愈多了。八一年冬，我由郊外移居城内，天天上下班，都要路过这巷子，总是带了油盐酱醋瓶，去那巷头四间门面捎带，吃醋椒是酸辣，尝盐碱是咸苦。进了巷口，一直往南走，短短小巷，却用去我好多时间，走一步，看一步，想一步，千缕思绪，万般感想。

出了南巷口，见孩子们又涌集在甘蔗铺前啃甘蔗，吃得有滋有味，小孩吃，大人也吃。我便不禁两耳下陷坑，满口生津，走去也买一根，果然水分最多，糖分最浓，且甜味最长。

记于一九八二年七月二日静虚村

（选自1982年10月21日《文学报》）

学圃记闲
——干校六记之三

杨 绛

　　我们连里是人人尽力干活儿，尽量吃饭——也算是各尽所能、各取所需吧？当然这只是片面之谈，因为各人还领取不同等级的工资呢。我吃饭少，力气小，干的活儿很轻，而工资却又极高，可说是占尽了"社会主义优越性"的便宜，而使国家吃亏不小。我自觉受之有愧，可是谁也不认真理会我的歉意。我就安安分分地在干校学种菜。

　　新辟一个菜园有许多工程。第一项是建造厕所。我们指望招徕过客为我们积肥，所以地点选在沿北面大道的边上。五根木棍——四角各树一根，有一边加树一棍开个门；编上黍秸的墙，就围成一个厕所，里面埋一口缸沤尿肥；再挖两个浅浅的坑，放几块站脚的砖，厕所就完工了。可是还欠个门帘。阿香和我商量，要编个干干净净的帘子。我们把黍秸剥去壳儿，剥出光溜溜的芯子，用麻绳细细致致地编成一个很漂亮的门帘。我们非常得意，挂在厕所门口，觉得这厕所也不同寻常。谁料第二天清早跑到菜地一看，门帘不知去向，积的粪肥也给过路人打扫一空。从此，我和阿香只好互充门帘。

菜园没有关栏。我们菜地的西、南和西南隅有三个菜园，都属于学部的干校。有一个菜园的厕所最讲究，粪便流入厕所以外的池子里去，厕内的坑都用砖砌成。可是他们积的肥大量被偷，据说干校的粪，肥效特高。

我们挖了一个长方形的大浅坑沤绿肥。大家分头割了许多草，沤在坑里，可是不过一顿饭的工夫，沤的青草都不翼而飞，大概是给拿去喂牛了。在当地，草也是稀罕物品，干草都连根铲下充燃料。

早先下放的连，菜地上都已盖上三间、五间房子。我们仓促间只在井台西北搭了一个窝棚。竖起木架，北面筑一堵"干打垒"的泥墙，另外三面的墙用黍秸编成。棚顶也用黍秸，上盖油毡，下遮塑料布。菜园西北有个砖窑是属于学部干校的，窑下散落着许多碎砖。我们捡了两车来铺在窝棚的地下，棚里就不致太潮湿。这里面还要住人呢。窝棚朝南做了一扇结实的木门，还配上锁。菜园的班长，一位在菜园班里的诗人，还有"小牛"——三人就住在这个窝棚里，顺带看园。我们大家也有了个地方可以歇歇脚。

菜畦里先后都下了种。大部分是白菜和萝卜，此外，还有青菜、韭菜、雪里蕻、莴笋、胡萝卜、香菜、蒜苗等。可是各连建造的房子——除了最早下放的几连——都聚在干校的"中心点"上，离这个菜园稍远。我们在新屋近旁又分得一块菜地，壮劳力都到那边去整地挖沟。旧菜园里的庄稼不能没人照看，就叫阿香和我留守。

我们把不包心的白菜一叶叶按顺序包上，用藤缠住，居然有一部分也长成包心的白菜，只是包得不紧密。阿香能挑两桶半满的尿，我就一杯杯舀来浇灌。我们偏爱几个"象牙萝卜"或"太湖萝卜"——就是长的白萝卜。地面上露出的一寸多，足有小饭碗那么硕。我们私下说："咱们且培养尖子！"所以把班长吩咐我们撒在胡萝卜地里的草木灰，全用来肥我们的宝贝。真是宝贝！到收获的时候，我满以为泥下该有一尺多长呢，至少也该有大半截。我使足劲儿去拔，用力过猛，扑通跌坐在地上，原来泥里只有几茎须须。从来没见过这么扁的"长"萝卜！有几个红萝卜还像样，一般只有鸭儿梨大小。天气渐转寒冷，蹲在畦边松土拔草，北风直灌入背心。我们回连吃晚饭，往往天都黑了。那年十二月，新屋落成，全连搬到"中心点"上去；阿香也到新菜地去干活儿。住窝棚的三人晚上还回旧菜园睡觉，白天只我一人在那儿看守。

班长派我看菜园是照顾我，因为默存的宿舍就在砖窑以北不远，只不过十多分钟的路。默存是看守工具的。我的班长常叫我去借工具，借了当然还要还。同伙都笑嘻嘻地看我兴冲冲地走去走回，借了又还。默存看守工具只管登记，巡夜也和别人轮值，他的专职是通信员，每天下午到村上邮电所去领取报纸、信件、包裹等回连分发。邮电所在我们菜园的东南。默存每天沿着我们菜地东边的小溪迤逦往南又往东去。他有时绕道到菜地来看我，我们大伙儿就停工欢迎。可是他不敢耽搁时间，也不愿常来打搅。我和阿香一同留守菜园的时候，阿香会忽然推我说："瞧！瞧！谁来了！"默存从邮电所拿了邮件，正迎着我们的菜地走来。我们三人就隔着小溪叫应一下，问答几句。我一人守园的时候，发现小溪干涸，可一跃而过，默存可由我们的菜地过溪往邮电所去，不必绕道。这样，我们老夫妇就可经常在菜园相会，远胜于旧小说、戏剧里后花园私相约会的情人了。

默存后来发现，他压根儿不用跳过小溪，往南去自有石桥通往东岸。每天午后，我可以望见他一脚高、一脚低地从砖窑北面跑来。有时风和日丽，我们就在窝棚南面灌水渠岸上坐一会儿，晒晒太阳。有时他来晚了，站着说几句话就走。他三言两语、断断续续、想到就写的信，可亲自摺给我。我常常锁上窝棚的木门，陪他走到溪边，再忙忙回来守在菜园里，目送他的背影渐远渐小，渐渐消失。他从邮电所回来就急要回连分发信件和报纸，不肯再过溪看我。不过我老远就能看见他迎面而来，如果忘了什么话，等他回来可隔溪再说两句。

在我，这个菜园是中心点。菜园的西南有个大土墩，干校的人称为"威虎山",和菜园西北的砖窑遥遥相对。砖窑以北不远就是默存的宿舍。"威虎山"以西远去,是干校的"中心点"——我们那连的宿舍在"中心点"东头。"威虎山"坡下是干校某连的食堂,我的午饭和晚饭都到那里去买。西邻的菜园有房子,我常去讨开水喝。南邻的窝棚里生着火炉,我也曾去讨过开水。因为我只用三块砖搭个土灶,捡些黍秸烧水,有时风大,点不着火。南去是默存每日领取报纸、信件的邮电所。溪以东田野连绵,一望平畴,天边几簇绿树是附近的村落,我曾寄居的杨村还在树丛以东。我以菜园为中心的日常活动,就好比蜘蛛踞坐菜园里,围绕着四周各点吐丝结网,网里常会留住些琐细的见闻、飘忽的随感。

我每天清早吃罢早点,一人往菜园去,半路上常会碰到住窝棚的三人到"中心点"去吃早饭。我到了菜园,先从窝棚木门旁的黍秸里摸得钥匙,进门放下随身携带的饭碗之类,就锁上门,到菜地巡视。胡萝卜地在东边远处,泥硬上瘠,出产很不如人意。可是稍大的常给人拔去,拔得匆忙,往往留下一截尾巴,我挖出来庰些井水洗净,留以解渴。邻近北边大道的白菜,一旦捏来菜心已长瓷实,就给人斫去,留下一个个斫痕犹新的菜根。一次我发现三四棵长足的大白菜根已被斫断,未及拿走,还端端正正站在畦里。我们只好不等白菜全部长足,抢先收割。一次我刚绕到窝棚后面,发现三个女人正在拔我们的青菜,她们站起身就跑,不料我追得快,她们就一面跑一面把青菜抛掷地下。她们篮子里没有赃，不怕我追上。其实，追只是我的职责，我倒宁愿她们把青菜带回家去吃一顿，我拾了什么用也没有。

她们不过是偶然路过。一般出来捡野菜、拾柴草的，往往十来个人一群，都是七八岁到十二三岁的男女孩子，由一个十六七岁的大姑娘或四五十岁的老大娘带领着从村里出来。他们穿的是五颜六色的破衣裳，一手挎着个篮子，一手拿一把小刀或小铲子。每到一处，就分散为三人一伙、两人一伙，以捡野菜为名，到处游弋，见到可捡的就收在篮里。他们在树苗林里斫下树枝，并不马上就捡；捡了也并不留在篮里，只分批藏在道旁沟边，结扎成一捆一捆。午饭前或晚饭前回家的时候，这队人背上都驮着大捆柴草，篮子里也各有所获。有些大胆的小伙子竟拔了树苗，捆扎了抛在溪里，午饭或晚饭前挑着回家。

我们窝棚四周散乱的黍秸早被他们收拾干净，厕所的五根木柱逐渐偷得只剩两根，后来连一根都不剩了。厕所围墙的黍秸也越拔越稀，渐及窝棚的黍秸。我总要等背着大捆柴草的一队队都走远了，才敢到"威虎山"坡的食堂去买饭。

一次我们南邻的菜地上收割白菜。他们人手多，劳力强，干事又快又利索，和我们菜园班大不相同。我们班里老弱居多，我们斫呀，拔呀，搬成一堆堆过磅呀，登记呀，装上车呀，送往"中心点"的厨房呀……大家忙了一天，菜畦里还留下满地的老菜帮子。他们那边不到日落，白菜收割完毕，菜地打扫得干干净净。有一位老大娘带着女儿坐在我们窝棚前面，等着捡菜帮子。那小姑娘不时地跑去看，又回来报告收割的进程。最后老大娘站起身说："去吧！"

小姑娘说："都扫净了。"

她们的话，说快了我听不大懂，只听得连说几遍"喂猪"。那老大娘愤然说："地主都让捡！"

我就问："那些干老的菜帮子捡来怎么吃？"

小姑娘说：先煮一锅水，揉碎了菜叶撒下，把面糊倒下去，一搅，"可好吃哩！"

我见过他们的"馍"，是红棕色的，面糊也是红棕色，不知"可好吃哩"的面糊是何滋味。我们日常吃的老白菜和苦萝卜虽然没什么好滋味，"可好吃哩"的滋味却是我们应该体验而没有体验到的。

我们种的疙瘩菜没有收成，大的像桃儿，小的只有杏子大小。我收了一堆正在挑选，准备把大的送交厨房。那位老大娘在旁盯着看，问我怎么吃。我告诉她："腌也行，煮也行。"我说："大的我留，小的送你。"她大喜，连说："好！大的给你，小的给我。"可是她手下却快，尽把大的往自己篮里捡。我不和她争，只等她捡完，从她篮里捡回一堆大的，换给她两把小的。她也不抗议，很满意地回去了。我却心上抱歉，因为那堆稍大的疙瘩菜，我们厨房里后来也没有用。但我当时不敢随便送人，也不能开这个例。

我在菜园里拔草间苗，村里的小姑娘跑来闲看。我学着她们的乡音，可以和她们攀话。我把细小的绿苗送给她们，她们就帮我拔草。她们称男人为"大男人"，十二三岁的小姑娘，已由父母之命定下终身。这小姑娘告诉我那小姑娘已有婆家，那小姑娘一面害羞抵赖，一面说这小姑娘也有婆家了。她们都不识字。我寄居的老乡家比较是富裕的，两个十岁上下的儿子不用看牛赚钱，都上学，可是他们十七八岁的姊姊却不识字。她已由父母之命、媒妁之言，和邻村一位年貌相当的解放军战士订婚。两人从未见过面。那位解放军给未婚妻写了一封信，并寄了照片。他小学程度，相貌是浑朴的庄稼人。姑娘的父母因为和我同姓，称我为"俺大姑"，他们请我代笔回信。我举笔半天，想不出一句合适的话，后来还是同屋你一句，我一句拼凑了一封信。那位解放军连姑娘的照片都没见过。

村里十五六岁的大小子，不知怎么回事，好像成天都闲来无事，背着个大筐，见什么，拾什么。有时七八成群，把道旁不及胳膊粗的树拔下，大伙儿用树干在地上拍打，"哈！哈！哈！"，粗声訇喝着围猎野兔。有一次，三四个小伙子闯到菜地里来大吵大叫，我忙赶去，他们说菜畦里有"猫"。"猫"就是兔子。我说："这里没有猫。"躲在菜叶底下的那只兔子自知藏身不住，一道光似的直蹿出去。兔子跑得快，狗追不上。可是几条狗在猎人的指使下分头追赶，兔子几回转折，给三四条狗团团围住。只见它纵身一跃有六七尺高，掉下地就给狗咬住。

在它纵身一跃的时候，我代它心胆俱碎。从此我听到"哈！哈！哈！"粗哑的訇喝声，再也没有好奇心去观看了。

有一次，那是一九七一年一月三日，下午三点左右，忽有人来，指着菜园以外东南隅的两个坟墩，问我是否是干校的坟墓。随学部干校最初下去的几个拖拉机手，有一个开拖拉机过桥，翻在河里淹死了。他们问我那人是否埋在那边。我说不是，我指向遥远处，告诉了那个坟墓所在。过了一会儿，我看见几个人在胡萝卜地东边的溪岸上挖土，旁边歇着一辆大车，车上盖着苇席。啊！他们是要埋死人吧？旁边站着几个穿军装的，想是军宣队。

我远远望着，刨坑的有三四人，动作都很迅速。有人跳下坑去挖土，后来一个个都跳下坑去。忽又有人向我跑来。我以为他是要喝水，他却是要借一把铁锹，他的铁锹柄断了。我进窝棚去拿了一把给他。

当时没有一个老乡在望，只那几个人在刨坑，忙忙地，急急地。后来，下坑的人只露出了脑袋和肩膀，坑已够深。他们就从苇席下抬出一个穿蓝色制服的尸体。我心里震惊，遥看他们把那死人埋了。

借铁锹的人来还我工具的时候，我问他死者是男是女，什么病死的。他告诉我，他们是某连，死者是自杀的，三十三岁，男。

冬天日短，他们拉着空车回去的时候，已经暮色苍茫。荒凉的连片菜地里阒无一人。我慢慢儿跑到埋人的地方，只看见添了一个扁扁的土馒头。谁也不会注意到溪岸上多了这么一个新坟。

第二天我告诉了默存，叫他留心别踩那新坟，因为里面没有棺材，泥下就是身体。他从邮电所回来，那儿消息却多，不但知道死者的姓名，还知道死者有妻有子，那天有好几件行李寄回死者的家乡。

不久后下了一场大雪。我只愁雪后地塌坟裂，尸体给野狗拖出来。地果然塌下些，坟却没有裂开。

整个冬天，我一人独守菜园。早上太阳刚出，东边半天云彩绚烂。远远近近的村子里，一批批老老少少的村里人，穿着五颜六色的破衣服成群结队出来，到我们菜园邻近分散成两人一伙、三人一伙，消失各处。等夕阳西下，他们或先或后，又成群负载而归。我买了晚饭回菜园，常站在窝棚门口慢慢地吃。晚霞渐渐暗淡，暮霭沉沉，野旷天低，菜地一片昏暗，远近不见一人，也不见一点灯光。我退入窝棚，只听见黍秸里不知多少老鼠在跳踉作耍，枯叶窸窸窣窣地响。我舀些井水洗净碗匙，就锁上门回宿舍。

人人都忙着干活儿，唯我独闲，闲得惭愧，也闲得无可奈何。我虽然不懂得任何武艺，也大有鲁智深在五台山禅院做和尚之概。

我住在老乡家的时候，和同屋伙伴不在一处劳动，晚上不便和她们结队一起回村。我独往独来，倒也自由灵便。而且我喜欢走黑路。打了手电，只能照见四周一小圈地，不知身在何处，走黑路倒能把四周都分辨清楚。我顺着荒墩乱石间的一条蜿蜒小径，独自回村，近村能看到树丛里闪出灯光。但有灯光处，只有我一个床位，只有帐子里狭小的一席地——一个孤寂的归宿，不是我的家。因此我常记起曾见过的一幅画里，一个老者背负行囊，拄着拐杖，由山坡下的一条小路一步步走入自己的坟墓。自己仿佛也就是如此。

过了年，清明那天，学部的干校迁往明港。动身前，我们菜园班全伙都回到旧菜园来，拆除所有的建筑。可拔的拔了，可拆的拆了。拖拉机又来耕一遍地。临走我和默存偷空同往菜园看一眼告别。只见窝棚没了，井台没了，灌水渠没了，菜畦没了，连那个扁扁的土馒头也不知去向，只剩了满布坷垃的一片白地。

（选自《干校六记》，生活·读书·新知三联书店，1981年版）

谈迁

孙　犁

不谙世情谓之迂。迂多见于书呆子的行事中。

鲁迅先生记述：他尝告诉柔石，社会并不像柔石想得那么单纯，有的人是可以做出可怕的事情来的，甚至可以做血的生意。然而柔石好像不相信，他常常睁大眼睛问道：可能吗？会有这种事情吗？

这就叫作迂。凡迂，就是遇见的险恶少，仍以赤子之心待人。鲁迅告诉柔石的是一九二七年的事。现在，时值三伏大热，我记下几件一九六七年冬天的琐事，一则消暑，二则为后来人广见闻、增加阅历。

一、我到干校之前，已经在大院后楼关押了几个月。在后楼时，一位兼做看管的女同志，因为我体弱多病，在小铺给我买了一包油茶面。我吃了几次，剩了一点点，不忍抛弃，随身带到干校去。一天清理书包，我把它倒进茶杯里，用开水冲着吃了。当时，我以为同屋都是难友，又是多年同事，这口油茶又是从关押室带来的，所以毫无忌讳，吃得很坦然。当时也没有人说话。第二天清早，群众专政室忽然调我们全棚到野外跑步，回到室内，已经大事搜查过，目标是：高级食品。可惜我的书包里，是连一块糖也搜不出来了。

二、刚到干校时，大棚还没修好，我分到离厨房近的一间小棚。有一天，我睡下得比较早，有一个原来很要好，平日对我很尊重的同事，进来说：

"我把这镰刀和绳子，放在你床铺下面。"

当时，我以为他去劳动，回来得晚了，急着去吃饭，把东西先放在我这里。就说：

"好吧。"

第二天早起，照例专政室的头头要集合我们训话。这位头头，是一个典型的天津青皮、流氓、无赖，素日以心毒手狠著称。他常常无事生非，找碴挑错，不知道谁倒霉。这一天，他先是批判我，我正在低头听着的时候，忽然那位同事说：

"刚才，我从他床铺下，找到一把镰刀和一条绳子。"

我非常愤怒，不知是从哪里飞来的勇气，大声喝道：

"那是你昨天晚上放下的！"

他没有说话。专政室的头头威风地冲我前进一步，但马上又退回去了。

在那时，镰刀和绳子，在我手里，都会看作凶器的，不是企图自杀，就是妄想暴动，如不当场揭发，其后果是很危险的、不堪设想的。所以说，多么迂的人，一得到事实的教训，就会变得聪明了。当时排队者不下数十人，其中不少人，对我的非凡气概为之一惊，称快一时。

三、有一棚友，因为平常打惯了太极拳，一天清早起来劳动之前，在院子里又比画了两下。有人就报告了专政室，随之进行批判。题目是："锻炼狗体，准备暴动！"

四、此事发生在别的牛棚，是听别人讲的，附录于此。棚长长夏无事，搬一把椅子，坐在棚口的小杨树下，看"牛鬼蛇神们"劳动。忽然叫过一个知识分子来，命令说：

"你拔拔这棵杨树！"

这个人拔了拔说：

"我拔不动！"

棚长冷笑着对全体"牛鬼蛇神"说：

"怎么样？你们该服了吧，蚍蜉撼树谈何易！"

这可以说是对"迂"人开的一次玩笑。但经过这场血的洗礼，我敢断言，大多数的迂夫子，是要变得聪明一些了。

一九八二年七月十五日清晨。暑期已届，大院只有此时安静。

（选自《远道集》，百花文艺出版社，1984年版）

座位

——千字文之一

萧　乾

　　一九六七年快入伏的时候，北京的人口空前地膨胀起来。市内交通工具本来就紧张，那阵子上岁数的能挤上汽车就算本事，至于座位，那得看小将们的风格了。

　　事情发生在十路公共汽车上。车里几乎一半乘客都是些年轻小伙子，坐着、站着的都有。车开到六部口站，也就是中南海红墙前面，一个干瘪的老太婆居然也挤了上来。她脸色枯黄，瘦得确实就剩一把骨头了，双颊布满那种网状皱纹，从腮部看，嘴里就是有牙也剩不了几颗了。天那么热，可她头上却戴了一顶黑色毛线织的小帽，乍看很像个尼姑。

　　她气喘吁吁地攀上来后，车门就关上了。汽车开动前，照例要那么吼上一声，不料却把老太婆吓了一跳。她慌张地往人丛里挤。

这时，把车门站着一个精神抖擞的小青年，一身草绿制服，肩头挎着个姜黄色的背包，一看就知道是来串联的。老太婆的可怜相大概触动了他的同情心。只听他扯了喉咙嚷："同志们，要斗私批修，给老太太让个座位！"一边嚷，一边用严厉的目光瞪着坐在头排边上的一个中年人。是由于那句语录的力量吧，那人赶紧欠起身来，把座位空了出来。

老太婆哆哆嗦嗦，像是想坐不敢坐的样子。最后，她还是颤巍巍地道了谢，一手扶了椅背慢慢坐了下来。坐下之后，还东张张、西望望，仿佛怕谁会伤害她似的。

汽车从中南海那座红油漆大门前驰过，然后朝人民大会堂的方向开去。这时，车里有人喊喊喳喳地议论起来："大热天的，怎么还戴顶毛线帽？""瞧她那副熊相就不地道！"

这些议论当然也送进那位喊"要斗私批修"的青年耳里。他一边听，一边用眼睛紧紧盯住老太婆。突然间，他采取了一个"革命"行动，把扣在老太婆头上的那顶黑色毛线帽硬给拽了下来。登时露出的是个刚刚剃完还有些发亮的光头。

老太婆本能地蜷缩成一个团团，浑身哆嗦起来。

"啊，我上你当了！"青年像是抓到什么罪证似的提着那顶小帽，厉声嚷道："你这个黑五类，滚下去！"

车上的人都吃惊起来，有的也附和着骂了起来，也有的缄默不语。

"站起来！"那个青年气冲冲地命令老太婆，他感到特别有责任来"专她的政"。

这时，老太婆才佝偻着腰，用颤抖的手撑着座位站了起来，头低着，肩头闪着，仿佛生怕青年给她一拳。

车开到了劳动人民文化宫站。老太婆在众目睽睽之下，扶着车门把手下了车。

下命令赶她的那个青年坐了下来。他继续用愤怒的目光瞪着车下那个老太婆，一只手拨开制服的领子，另一只手用一张小报使劲地扇着自己。

一九八一年

（选自《萧乾选集》第三卷，四川人民出版社，1984年版）

小狗包弟

巴　金

　　一个多月前，我还在北京，听人讲起一位艺术家的事情，我记得其中一个故事是讲艺术家和狗的。据说艺术家住在一个不太大的城市里，隔壁人家养了小狗，它和艺术家相处得很好，艺术家常常用吃的东西来款待它。"文革"期间，城里发生了从未见过的武斗，艺术家害怕起来，就逃到别处躲了一段时期。后来他回来了，大概是给人揪回来的，说他"里通外国"，是个反革命，批他，斗他，他不承认，就痛打，拳打脚踢，棍棒齐下，不但头破血流，一条腿也给打断了。批斗结束，他走不动，让专政队拖着他游街示众，衣服被撕破了，满身是血和泥土，口里发出呻唤。认识的人看见半死不活的他都掉开头去。忽然一只小狗从人丛中跑出来，非常高兴地朝着他奔去。它亲热地叫着，扑到他跟前，到处闻闻，用舌头舔舔，用脚爪在他的身上抚摸。别人赶它走，用脚踢，拿棒打，都没有用，它一定要留在它的朋友的身边。最后专政队用大棒打断了小狗的后腿，它发出几声哀叫，痛苦地拖着伤残的身子走开了。地上添了血迹，艺术家的破衣上留下几处狗爪印。艺术家给关了几年才放出来，他的第一件事就是买了几斤肉去看望那只小狗。邻居告诉他，那天狗给打坏以后，回到家里什么也不吃，哀叫了三天就死了。

听了这个故事，我又想起我曾经养过的那条小狗。是的，我也养过狗，那是一九五九年的事情，当时一位熟人给调到北京工作，要将全家迁去，想把他养的小狗送给我，因为我家里有一块草地，适合养狗的条件。我答应了，我的儿子也很高兴。狗来了，是一条日本种的黄毛小狗，干干净净，而且有一种本领：它有什么要求时就立起身子，把两只前脚并在一起不停地作揖。这本领不是我那位朋友训练出来的。它还有一位瑞典旧主人，关于他我毫无所知。他离开上海回国，把小狗送给接受房屋租赁权的人，小狗就归了我的朋友。小狗来的时候有一个外国名字，它的译音是"斯包弟"。我们简化了这个名字，就叫它作"包弟"。

包弟在我们家待了七年，同我们一家人处得很好。它不咬人，见到陌生人，在大门口吠一阵，我们一声叫唤，它就跑开了。夜晚篱笆外面人行道上常常有人走过，它听见某种声音就会朝着篱笆又跑又叫，叫声的确有点刺耳，但它也只是叫几声就安静了。它在院子里和草地上的时候多些，有时我们在客厅里接待客人或者同老朋友聊天，它会进来作几个揖，讨糖果吃，引得客人发笑。日本朋友对它更感兴趣，有一次大概在一九六三年或以后的夏天，一家日本通讯社到我家来拍电视片，就拍摄了包弟的镜头。又有一次日本作家由起女士访问上海，来我家做客，对日本产的包弟非常喜欢，她说她在东京家中也养了狗。两年以后，她再到北京参加亚非作家紧急会议，看见我她就问："您的小狗怎样？"听我说包弟很好，她笑了。

我的爱人萧珊也喜欢包弟。在三年困难时期，我们每次到文化俱乐部吃饭，她总要向服务员讨一点骨头回去喂包弟。一九六二年我们夫妇带着孩子在广州过了春节，回到上海，听妹妹们说，我们在广州的时候，睡房门紧闭，包弟每天清早守在房门口等候我们出来。它天天这样，从不厌倦。它看见我们回来，特别是看到萧珊，不住地摇头摆尾，那种高兴、亲热的样子，现在想起来我还很感动，我仿佛又听见由起女士的问话："您的小狗怎样？"

"您的小狗怎样？"倘使我能够再见到那位日本女作家，她一定会拿同样的一句话问我。她的关心是不会减少的，然而我已经没有小狗了。

一九六六年八月下旬红卫兵开始上街"抄四旧"的时候，包弟变成了我们家的一个大包袱，晚上附近的小孩时常打门大喊大嚷，说是要杀小狗。听见包弟尖声吠叫，我就胆战心惊，害怕这种叫声会把"抄四旧"的红卫兵引到我家里来。当然我已经处于半靠边的状态，傍晚我们在院子里乘凉，孩子们都劝我把包弟送走，我请我的大妹妹设法。可是在这时节谁愿意接受这样的礼物呢？据说只好送给医院由科研人员拿来做实验用，我们不愿意。以前看见包弟作揖，我就想笑，这些天我在机关学习后回家，包弟向我作揖讨东西吃，我却暗暗地流泪。

形势越来越紧。我们隔壁住着一位年老的工商业者，原先是某工厂的老板，住屋是他自己修建的，同我的院子只隔了一道竹篱。有人到他家去"抄四旧"了。隔壁人家的一动一静，我们听得清清楚楚，从篱笆缝里也看得见一些情况。原来是抄家。这个晚上附近小孩几次打门捉小狗，幸而包弟不曾出来乱叫，也没有给捉了去。这是我六十多年来第一次看见抄家，人们拿着东西进进出出，一些人在大声叱骂，有人摔破坛坛罐罐。这情景实在可怕。十多天来我就睡不好觉，这一夜我想得更多，同萧珊谈起包弟的事情，我们最后决定把包弟送到医院去，交给我的大妹妹去办。

包弟送走后，我下班回家，听不见狗叫声，看不见包弟向我作揖、跟着我进屋，我反而感到轻松，真有一种甩掉包袱的感觉。但是在我吞了两片眠尔通、上床许久还不能入睡的时候，我不由自主地想到了包弟，想来想去，我又觉得我不但不曾甩掉什么，反而背上了更加沉重的包袱。在我眼前出现的不是摇头摇尾、连连作揖的小狗，而是躺在解剖桌上给割开肚皮的包弟。我再往下想，不仅是小狗包弟，连我自己也在受解剖。不能保护一条小狗，我感到羞耻；为了保全自己，我把包弟送到解剖桌上，我瞧不起自己，我不能原谅自己！我就这样可耻地开始了十年浩劫中逆来顺受的苦难生活。一方面责备自己，另一方面又想保全自己，不要让一家人跟自己一起堕入地狱。我自己终于也变成了包弟，没有死在解剖桌上，倒是我的幸运。……

　　整整十三年零五个月过去了。我仍然住在这所楼房里，每天清早我在院子里散步，脚下是一片衰草，竹篱笆换成了无缝的砖墙。隔壁房屋里增加了几户新主人，高高的墙壁上多开了两堵窗，有时倒下一点垃圾。当初刚搭起的葡萄架给虫蛀后早已塌下来扫掉，连葡萄藤也被挖走了。右面角上却添了一个大化粪池，是从紧靠着的五层楼公寓迁过来的。少了好几株花，多了几棵不开花的树。我想念过去同我一起散步的人，在绿草如茵的时节，她常常弯着身子，或者坐在地上拔除杂草，在午饭前后她有时逗着包弟玩。……我好像做了一场大梦。满园的创伤使我的心仿佛又给放在油锅里熬煎。这样的熬煎是不会有终结的，除非我给自己过去十年的苦难生活做了总结，还清了心灵上的欠债。这绝不是容易的事。那么我今后的日子不会是好过的吧。但是那十年我也活过来了。

即使在"说谎成风"的时期，人对自己也不会讲假话，何况在今天，我不怕大家嘲笑，我要说，我怀念包弟，我想向它表示歉意。

一九八〇年一月四日

（选自《芳草》1980年3月号）

图书在版编目（CIP）数据

世故人情 / 钱理群编. --长沙：湖南人民出版社，2023.8
ISBN 978-7-5561-3189-1

Ⅰ.①世…　Ⅱ.①钱…　Ⅲ.①散文集－中国　②小品文－作品集－中国
Ⅳ.①I211

中国国家版本馆CIP数据核字（2023）第039998号

世故人情
SHIGU RENQING

编　　者：钱理群
出版统筹：陈　实
监　　制：傅钦伟
选题策划：北京领读文化
产品经理：领　读·孙华硕
责任编辑：陈　实　张玉洁
责任校对：张轻霓
装帧设计：广　岛·UNLOOK
unlook-guangdao.com

出版发行：湖南人民出版社有限责任公司［http://www.hnppp.com］
地　　址：长沙市营盘东路3号　　邮编：410005　　电话：0731-82683313

印　　刷：湖南凌宇纸品有限公司
版　　次：2023年8月第1版　　　　　　印　　次：2023年8月第1次印刷
开　　本：880 mm × 1230 mm　　1/32　　印　　张：7.375
字　　数：140千字
书　　号：ISBN 978-7-5561-3189-1
定　　价：38.00元

营销电话：0731-82683348（如发现印装质量问题请与出版社调换）